한번도 나를
사랑해 주지 않았다

KB106284

한번도 나를
사랑해 주지 않았다

이수경 지음

이제 행복만 있을 줄 알았어

27살을 앞둔 가을의 끝자락, 독신주의자를 자처하며 살았는데 친구들, 언니보다 먼저 결혼을 했다. 아버지와는 정반대의 성격과 성향을 타고난 사람, 이 사람과 함께라면 행복하게 살 수 있지 않을까? 이 사람을 놓친다면 정말로 평생 결혼하지 못할 것 같은 생각에 내가 먼저 결혼 이야기를 꺼냈다.

기대했던 대로 남편은 다정하고, 책임감이 강하며, 가정에 충실한 사람이었다. 결혼을 하고 일 년이 지나 큰아이가 태어났다. 아이를 돌보고 키우는 모든 순간 늘 함께였다. 내게도 어느 하나 소홀치 않는 모습으로 주변의 부러움을 살 만큼 완벽한 남편이자 아빠였다. 어른들을 공경하고 효심도 깊어 본가의 부모님에게 하는 만큼 친정집 내 남동생보다도 더 아들처럼 살갑게 잘하는 사위였다.

친척들, 주변 지인들은 그렇게 고생만 하고 크더니 신랑 복은 있다며 남편 칭찬을 아끼지 않으셨다.

'그래! 힘들게 살았잖아. 어렵게 살았잖아. 이제 행복하게 살아도 되지. 그럴 때가 된 거야.'

'사랑받는다는 게 이런 거구나. 이런 결혼생활이 있을 수 있는 일이구나.'

그동안 힘들게 살아온 세월에 대한 보상인 것만 같았다.

'이게 진짜 행복이구나. 행복은 이런 거구나.'

둘째까지 출산하며 아들도 낳고 딸도 낳았으니 더는 바랄 게 없었다. 맞벌이를 하며 조금만 더 고생하면 경제적으로도 여유로워질 것 같아 이대로만 살았으면 좋겠다고 희망했다. 힘겹게 어린 시절을 보냈으니 지금 누리는 행복이 당연하다는 생각이 들었다.

10년 전이었다.

둘째 돌잔치를 몇 달 앞둔 어느 날, 믿기 힘든 일이 벌어졌다. 당연하게만 느꼈던 행복들이 산산조각 났다. 내 몸에 이상증세가 나타난 것이다.

손과 다리에서부터 저림증상이 시작됐는데, 출산에 따른 산후통 정도로만 생각했다. 불편한 감각이 느껴지다가 사라지기를 반복해 병원에 가기에도 애매했다. 그렇게 몇 달을 보낸 뒤 손 저림과 감각 이상을 넘어 통증까지 느껴지기 시작했다. 결국 어느 날 아침 다리가 내 의지로 움직여지지 않는다는 걸 깨닫게 되어서야 대학병원 응급실을 찾았다.

병원에서 귀를 의심할 수밖에 없는 이야기를 들었다. 희귀 난치병, 완치가 되지 않는 병이란다.

절망스러웠고, 인정하고 싶지 않았다. 불우했던 시간을 견뎌왔고 이제 겨우 행복이란 걸 누리게 되었다고 생각했다. 힘든 시간은 다 지나갔다고 생각했다. 그런데 이게 무슨 청천벽력이란 말인가.

내 나이 서른, 세 살짜리 큰아이와 돌도 되지 않은 둘째. 하늘을 원망해본들 무슨 소용일까. 어떻게든 저 어린 것들을 잘 키워내야만 했다. 건강한 엄마의 모습으로 함께 있어 주고 싶었다.

그런데 어떻게? 어떻게 해야 건강한 엄마의 모습으로 아이들 곁에 있을 수 있을까? 온갖 생각들이 꼬리에 꼬리를 물었다.

그러면서도 '왜 하필 내가 이런 난치병에 걸렸단 말인가?' 하는 원망이 들었고, 그와 동시에 내가 걸어왔던 삶을 돌아보게 되었다.

　누구나 인생에 고비가 찾아오면 자신이 살아온 시간을 되돌아보게 된다. 왜 이런 고통스러운 현실을 마주할 수밖에 없게 되었는지 지나온 삶에서 그 원인을 찾고자 한다. 뭘 그리 잘못한 것일까. 나름대로 열심히 살아왔고, 다른 사람에게 해를 끼치지 않고 열심히 살았을 뿐인데, 왜 내게 이런 불행이 찾아온다는 말인가.

　억울하고 분한 마음에 현실을 부정하고 좌절감과 우울함에 빠져 허우적대는 경우가 있다. 반면 신이든 자신에게든 묻고 물어서 해답을 찾고 미래를 준비하는 사람들도 있다.

　다행히 나는 후자를 선택했다. 지금도 그런 선택을 하며 살아가고 있다. 내가 마주하고 있는 현실은 과거의 내가 선택한 결과물들이 쌓여 나타나는 현상이다.

　병을 진단받은 지 10년이 지났다. 그동안 재발과 치료를 반복했고, 워킹맘에서 전업맘이 되었다. 큰 고난이 찾아오면 더 많이 사랑하고 단단해질 줄 알았던 가정에 위기가 찾아오기도 했다. 두 아이가 끝인지 알았는데 뜻하지 않게 셋째가 찾아와 우리 가족의 보물이 되었다. 건강하지 않은 몸으로 아이를 출산하는 일은 쉽지 않지만 그 어려운 일을 선택했었다. 그로 인해 느끼는 행복과 뿌듯함은 나를 더 성장하게 만들었다.

완치가 되지 않고 점점 진행되는 병이기에 그나마 건강할 때, 나의 의지대로 선택할 수 있을 때 내가 행복한 일들을 하면서 살고 싶었다. 아이들과도 많은 시간을 보내며 건강한 엄마의 모습으로만 기억되고 싶었다.

'그런데 내가 행복한 일들은 뭐지?'
'하고 싶은 게 뭐지? 무엇을 해야 하지?'

의문은 떠올랐지만 뚜렷하게 나오는 답은 없었다.
이상했다. 내 마음과 몸인데 어느 하나 제대로 아는 것이 없었다. 그렇다면 내가 지금 여기에서 할 수 있는 건 무엇일까. 나에 대해 아는 것도 없고, 무엇을 해야 할지도 모르겠고, 몸이 언제 다시 나빠지게 될지 몰라 불안하고 두렵기만 했다.

과거를 돌아보며 '내가 무엇을 좋아하는 사람이었지' 생각하다 내면아이와도 만날 수 있었다. 끊임없는 질문들을 나에게 던지며 묻고 또 물었다. 나보다 더 힘겹고 고통스러운 과정에서도 최선을 다해 살아가는 이들의 이야기를 들으며 삶의 희망과 용기를 얻고 감사함을 느낄 수 있었다.

내가 그분들의 이야기를 통해 용기를 얻고 희망을 얻었던 것처럼 나의 경험들이 작은 쉼터가 되었으면 좋겠다. 땡볕 내리는 여름날. 작은 그늘막에 앉아 잠시라도 햇볕을 피할 수 있는 것처럼 작은 그늘 같은 이야기라고 생각해 주길 바란다. 삶은 고행이 아닌 즐거운 여행이라는 사실을 잊지 않기를 소망해본다.

_이수경

차례

3장.

나를 인정해 주자 비로소 보이는 것들

4장.

흉터가 무늬가 될 때까지

1장

상처투성이의
나날들

하늘이 준
두 번째 티켓

'살아남았음을 느낀 그 순간, 나는 마치 신에게서 두 번째 삶을 살 수 있는 티켓을 받은 것 같았다. 이것을 받아라. "너는 아직 살아 있고 다시 사랑할 수 있으며 앞으로 더욱 가치 있는 존재가 될 수 있다. 지금 이 순간이 소중하다는 걸 깨달았으니 가서 열심히 살아가거라."

그날 티켓을 받아 들고는 밤하늘을 올려다보며 "감사합니다. 감사합니다. 그렇게 하겠습니다."라고 생각했던 것이 기억난다.'

『백만장자 메신저』를 쓴 브렌든 버처드의 이야기다.

브렌든 버처드는 교통사고를 당한 그 상황에서 살아 있음을 인지한 뒤 하늘의 달을 보며 이런 느낌을 받았다고 했다. 그리고 그날의 경험, 감사함이 훗날 자신이 가진 지식과 경험으로 사람들을 돕고 사는 메신저의 삶으로 살아가게 되었다고 했다.

책을 읽으며 '나도 지금 두 번째 인생을 살아가는 티켓을 받았구나' 하고 느꼈었다. 신이 나에게 주신 두 번째 티켓, 감사함과 사랑으로 살아갈 수 있는 티켓 말이다.

2010년 2월, 나는 그해 병원에서 '다발성 경화증'이라는 진단을 받았다. 10년이나 지났음에도 그날의 기억이 또렷하다.

새벽 시간이었다. 신랑은 화장실에 다녀오겠다며 자리를 비운 상태였고, 응급실 침대에 누워 있는 내게 당직 의사가 찾아와 이야기를 시작했다.

"다발성 경화증이라는 질병에 대해 들어본 적이 있으세요?"

"아니오."

"신경계 손상이 진행되는 희귀성 질환인데, 치료제도 없고 완치도 되지 않는 난치병입니다. 신경 손상이 진행되는 병이라 눈이 안 보이게 될 수도, 팔다리를 못 쓰게 될 수도 있어 언젠간 침대에서 일어나지 못하게 될 수 있는 병입니다."

의사는 표정 하나, 말투 하나 바꾸지 않고 무미건조하게 이해되지도 않는 말을 내뱉었다. 하필 신랑도 없을 때 이야기를 들으니 나는 당황했고, 도대체 무슨 말을 하는 건지 정신을 차릴수가 없었다. 걷지도 못하고 누워만 있는 내 모습을 떠올리자어마어마한 공포가 밀려왔다. '그럼 나는 어떻게 살아야 해. 우리 아이들은? 이제 돌도 안 된 아이는 어떻게 키워야 하지?' 충격과 공포가 만들어내는 생각들이 꼬리에 꼬리를 물 때쯤 신랑이 돌아왔다. 신랑을 보자 안도감과 함께 억장이 무너질 것 같은 슬픔이 밀려와 울음이 터졌다.

대부분의 암 환자들이나 난치병 진단을 받은 사람들은 처음엔 '왜 하필 나야? 내가 뭘 그렇게 잘못하며 살았지?' 하며 자괴감이 밀려들고 하늘에 대한 원망이 가슴을 가득 채운다. 나 또한 그랬다. '이제 겨우 서른인데, 여태까지 정말 열심히 살았는데, 이제 좋은 사람을 만나 결혼해서 아들, 딸 낳고 행복하게 살고 있는데 이건 너무하지 않나.' 나는 신의 존재를 믿지 않았음에도 신이 원망스러웠다.

하지만 정확한 진단과 치료를 위해 병원에 입원해 있는 중에 알게 되었다. 몇 개월 시한부 선고를 받은 것도 아니고, 완치는 안 된다지만 잘 관리하고 치료를 받으면 어느 정도 건강을 유지하며 살아갈 수 있다는 것을 말이다.

게다가 신경계 쪽은 워낙에 이런 희귀성 질환이 많고, 치료제조차도 없는 병이 많다고 들었다. 치료제가 있어도 보험 적용이 되지 않아 치료를 받지 못하는 경우도 많다.

하지만 이 병은 완치를 위한 치료제는 아니더라도 진행을 늦출 수 있는 치료제들이 있다. 보험 적용이 되니 치료비 부담도 적을 것이라 했다.

처음 의사 말을 들었을 땐 무섭고 두려웠다. 모든 것이 다 원망스러웠다. 하지만 시간이 지날수록 점점 긍정적인 것들이 보이기 시작하면서 원망은 감사함으로 바뀌어 갔다.

어떤 일이 일어날 때는 다 그만한 이유가 있다고 한다. 나쁜 일에도 좋은 일에도 말이다. 또 그런 일들을 통해 내가 배우게 되는 것들이 있고 깨닫게 되는 것들이 있다고 믿는 편이다.

'그렇다면 이런 아픔이 내게 주는 메시지는 무엇일까?'

나는 고민하기 시작했다. 그러자 더 잘 살고 싶다는 마음이 샘솟았다. 단순히 잘 먹고 잘살자는 이야기가 아니다. 하루를 살아도 좀 더 의미 있는 인생을 살고 싶어졌다.

어느 인생이든 의미 없는 인생은 없다고 생각한다. 하지만 어떻게 살아갈 때 의미 있는 인생이 되는 건지 자각하며 사는 사람들은 많지 않을 것이다. 나 또한 진단받기 전에는 막연하게만 생각했었다. 하지만 나는 그 일을 계기로 나의 사명이 무엇인지, 내가 왜 이 세상에 태어났고 어떤 인생을 살아갈 때 의미가 있는 인생이라고 말할 수 있는 건지 끊임없이 생각하게 되었다. 그리고 병원 생활을 하다 보니 절로 감사함이 밀려왔다.

사람들은 대부분 자기보다 못한 환경에 처한 사람들을 보고 위로를 받고 안도감을 느낀다. '나는 그래도 저 사람보다는 낫잖아?'하고 말이다.

신경과 병동에는 연세가 드신 분들이 많다. 그리고 대부분 자신의 의지에 따른 일상생활이 어려운 분들이 많았다. 그런 분들을 지켜보는 동안 나는 그래도 '약을 먹으면 걸어 다닐 수 있고 움직일 수 있으니 괜찮다.' 이런 생각들이 떠오르자 모든 게 감사했다. 아침에 멀쩡하게 눈이 떠지고, 스스로 숨을 쉴 수 있는 것에, 들을 수 있고 맛을 느끼며 먹을 수 있다는 사실에 감사했다.

어쩌면 신이 내게 또 하나의 기회를 준 것일지도 모른다는 생각도 들었다. 정말 오늘내일 하는 병에 걸릴 수도 있다. 하지만 이렇게 약을 먹고 관리하면 살아갈 수 있는 병이니 나머지 살아가는 동안 좀 더 의미 있게 살아가라는 기회 말이다.

하루하루가 소중하게 다가왔다. 아니 어떨 땐 1분 1초가 아깝다는 생각도 들었다. 그냥 무의미하게 시간을 보내고 싶지 않았다.

하루를 어떻게 살아내야 좀 더 보람되고 의미 있는 삶을 영위할 것인지 끊임없이 생각하게 되었다. 시간이 지날수록 그 생각들은 구체화 되기 시작했다. 10년이 지난 지금까지 나는 여전히 생각하고, 질문하고, 실천하며 오늘도 치열하게 살고 있다.

콤플렉스가
아주 많지만 밝은 사람

각각 두 살 터울인 언니와 남동생 사이에 내가 있다. 엄마는 우리가 어릴 때부터 일을 다니셨기에 삼 남매가 똘똘 뭉쳐 지냈다. 시골에서 살았던 몇 년은 너무 어렸던 탓에 기억이 많지 않다. 어린 동생이 엄마가 보고 싶다며 보채기에 엄마가 일하는 곳으로 찾아가 서성거렸던 기억이 문득문득 떠오른다.

서울로 이사 와서 살게 된 곳은 연립주택 지하 단칸방이었다. 지금은 흔치 않은 주거공간이지만 그때는 그런 집들만 있는 줄 알았다. 오래된 빌라 같은 경우엔 반지하 방으로 불리는 집들이 존재하긴 하지만 내가 살았던 지하실 방과는 많이 다르다.

그곳은 대부분 단칸방으로 이루어져 있고, 구조에 따라 화장실을 공동으로 쓰는 집들이 많았다. 지금처럼 수세식 변기도 아닌 재래식으로 이루어진 공동화장실 말이다. 시골에서 보이는 재래식 화장실보다는 조금 나은 정도였다.

몇 년 뒤 다시 이사한 곳도 사정은 마찬가지였다. 그래도 다행이었던 건 집안에 수세식 화장실이 있었다는 것이다. 그곳에서 중학교 때까지 살았는데 꽤 오래 살 수 있었던 건 바로 옆 지하실 방을 하나 더 얻었기 때문이다. 어린아이를 데리고 살던 젊은 부부가 갑자기 대구로 이사를 가게 됐다. 그러자 엄마는 부쩍 큰 우리 자매에게 방을 따로 주고자 계약을 했었다.

그 무렵엔 우리처럼 지하실 방에 살았던 친구들은 많지 않았다. 다가구 주택이나 연립에서 사는 친구들이 대부분이었다. 아주 친한 친구가 아닌 이상 집에 데려온 적이 거의 없었다. 집 주소도 알려 주지 않았다. 지하실 방에 사는 모습을 보여 주기 싫었다. 그곳에 사는 내가 창피했다. 그래서 친구들과 사귀는 게 더 어려웠다.

그뿐만이 아니었다. 키도 작고 두꺼운 뿔테 안경에 주근깨까지 있으니 외모에도 콤플렉스가 생겼다. 더군다나 덧니 때문에 말할 때마다 신경이 쓰였고 크게 웃지도 못했다.

중학교 1학년 겨울방학 무렵 갑자기 키가 10센티미터 넘게 자랐다. 그 뒤로 키에 대한 콤플렉스는 누그러졌다. 뿔테 안경을 쓰고, 까무잡잡한 피부에 주근깨까지 있어 아이들로부터 말괄량이 삐삐, 빨강머리 앤이라고 놀림을 받곤 했다.

덧니가 생긴 후로는 '드라큘라'라는 별명이 추가되었다. 보통은 이가 흔들리면 발치를 한다. 그런데 영구치가 나고 있었음에도 대처를 늦게 한 탓에 덧니를 갖게 됐다. 엄마는 먹고살기 바빠 제대로 신경 못 써 주고 살았다며 늘 미안해 하시고 안타까워하셨다. 덧니가 생겼더라도 교정을 해 주면 되는데 몇 백만 원씩 하는 교정비를 감당하기 어려웠던 시절이었다. 결혼을 하고 나서야 덧니를 해결할 수 있었다.

외모는 흔히 스트레스의 한 원인이 된다. 한마디로 외모 콤플렉스가 심한 아이였다. 남들한테 표현은 하지 않았어도 늘 위축되었고 자신감이 바닥이었다.

하지만 그런 모습을 보이고 싶지 않아 오히려 더 큰소리치며 당당한 것처럼 행동했다. 그러면서도 덧니 때문에 늘 입을 가리며 웃었다. 같은 여자들을 만날 땐 그나마 나았는데 이성 친구를 만나게 되면 만만하게 보이는 게 싫어 더 오버했던 기억이 난다. 그러니 새로운 사람을 만난다는 건 늘 어렵고 힘든 일이었다.

어쩌면 나는 태생적으로 내성적인 성격이 아니었을지도 모른다. 가정형편과 외모 콤플렉스가 나를 내성적인 아이로 만들었던 건 아닐까. 남자들은 얼굴이 예쁜 여자만 좋아한다고 다들 말하니 나는 사랑받지 못할 것이라는 생각에 사로잡혀 있었다. 그래서 어려운 가정형편은 좋은 핑계였고 거절당하는 게 두렵고 겁이 나서 독신주의자를 외치고 다녔다. 중학교 시절 짝사랑하던 오빠가 나의 마음을 받아주지 않았던 것도 순전히 외모 탓이라며 스스로를 비난했다.

20대 초반 친구들이 하나 둘 남자 친구들을 만나는 모습에 한 걸음 뒤로 물러나 구경만 했다. 친구들이 제안하는 소개팅도 싫다며 거절을 했다. 혹여나 소개해 준 친구에게 누가 저런 '폭탄'을 데려왔느냐고 할 것만 같았다. 그렇게 연이어 거절을 하다 보니 어느 순간 친구들에게도 "아! 쟤는 독신주의자라 남자는 싫대." 하는 고정관념이 생긴 것 같았다. 어느 순간부터 소개팅 얘기를 하지 않았으니까 말이다.

혼자 노는 게 좋다고 자신을 속이며 집순이가 되었다. 약속이 있는 날보다 없는 날이 많았다. 집에서 책을 보고 음악을 듣거나 TV를 보면서 청춘의 시간을 보냈다.

하지만 겉으론 그랬어도 나의 내면엔 사랑받고 싶고 예쁨을 받고 싶어 하는 마음이 숨어 있었다. 다만 그런 감정들을 깊이 숨겨놓고 있었을 뿐이었다.

미움과
죄책감 사이에서

아버지라는 남자

가장으로서 아버지는 0점이었다. 경제적으로나 정신적인 부
분에서도 다른 집 아버지들과는 달랐다. 내게는 무섭고 무책임
한 남자의 표본이었다. 가정은 내팽개쳐 두고 제멋대로 사는 분
이었다. 가장으로서 권위만을 앞세워 대접받기만을 바라셨다.

엄마와 아버지는 젊은 나이에 만나 우리를 먼저 낳고 나중에
결혼식을 올렸다. 외할버지의 반대가 심해 엄마는 외할아버지
가 살아계시는 동안 마음 놓고 친정 한번 가신 적이 없었다.

엄마는 어린 우리를 떼어놓고 아침부터 저녁 늦게까지 몸이
부서지도록 일을 다니셨다. 그렇게 힘들게 일을 다니셨음에도

우리 집은 늘 가난했다. 그럴 수밖에 없었다. 아버지는 제대로 된 경제 활동을 해서 돈을 제때 가져오는 가장이 아니었다. 그럼 미안해서라도 잘했어야 했는데 아버지는 정반대였다. 오히려 더 큰소리를 치며 가족들에게 폭언과 폭력을 일삼는 사람이었다. 부부 싸움이 끊이질 않았고 언젠가부터는 싸울 때마다 폭언을 넘어서 세간살이를 부수기 시작했다. 그러다 엄마를 때리기까지 했다.

지하 단칸방에서 살던 우리는 아버지의 그런 모습을 온전히 지켜봐야만 했다. 무서워도 도망갈 곳이 없었고 숨을 데가 없었다. 어느 정도 컸을 때는 엄마를 보호해 주고 싶은 마음에 아버지의 그런 행동을 저지하고 싶었으나 난 용기가 없는 아이였다. 한마디로 아버지에게 맞을까 두렵고 무서웠다.

언니는 용기 있게 나가 아빠한테 그만하라며 말릴 때도 있었는데 아버지는 자식이 어디 부모한테 대드느냐며 더 화를 내셨다. 그리고 차마 자식은 때릴 수가 없었던 건지 물건들을 부수며 화풀이를 했다. 그런 모습들을 보며 한 가지 깨달은 건 그렇게 아버지가 화를 낼 땐 건드리면 안 된다는 것이다. 그러면 더 오래가고 힘들어졌다.

아버지는 무뚝뚝하고 말이 없는 사람이었다. 다정한 모습은 기대하지도 않았다. 우리가 잘못이라도 저지르게 되면 폭언은 기본이고, 때때로 체벌이라는 이름으로 벌을 세웠다. 손바닥은 기본이고 발바닥도 맞아봤다. 무릎 꿇고 손을 드는 벌을 세울 때면 허벅지를 자로 때리기도 했다. 눈물이 핑그르르 돌 정도 아팠다. 한겨울에 속옷만 입고 내쫓김을 당한 적도 있었다. 왜 그런 벌을 받게 되었는지는 기억나지 않는다. 그러나 문 앞에 서서 벌벌 떨며 엄마를 기다렸던 모습은 머리에, 가슴에 화석처럼 굳어 박혀버렸다.

내게 있어 아버지는 늘 무섭고 두려운 존재였다. 그러던 어느 날 문득 이런 생각이 들었다. '아버지가 차라리 사고라도 나서 없어졌으면 좋겠다.' 그날도 아버지가 엄마에게 폭력을 휘두르고 있었다. 그런데 그날은 엄마의 행동이 이상해 보였다. 잔뜩 웅크리고는 아버지가 우리 아버지가 아닌 것 같다며 빨리 도망치자고 했다. 아버지를 데려오라며 이상한 말들을 내뱉기도 하고 할머니가 보고 싶다며 울기 시작했다.

언니와 나는 나는 엄마가 잘못되는 건 아닐까 무서웠다. 언니는 아버지한테 대들기 시작했고 나조차도 아버지한테 그만하라며 소리를 질러댔다. 아버지도 엄마의 모습에 당황하셨는지 밖으로 나가셨고 아버지가 나가자마자 엄마는 문을 잠그셨다. 그리고 우리는 서로를 껴안고 대성통곡을 했었다.

그 어린 나이에 사는 게 너무 힘들었고 무서웠고 두려웠다. 우리 집은 왜 이럴까. 우리 아버지는 왜 저런 사람일까. 지하실 방에 사는 가난도 부끄러웠는데 욕하고 싸우고 물건을 부숴대는 아버지라니. 나는 왜 이런 집에 태어났을까. 원망스러웠다.

하지만 엄마야 말로 무슨 죄가 있다고 이런 꼴을 감수하며 살아야 한단 말인가. 꽃다운 나이에 아버지 같은 남자를 만나 고생이란 고생은 다 하고 살면서도 대우를 받기는커녕 욕설을 듣고 폭력에 시달리는 엄마가 가여웠다. '아버지만 없어지면 우리도 잘 살 수 있지 않을까?' 이런 생각들이 들자 알 수 없는 죄책감이 밀려왔다. 생각만 했을 뿐인데도 천륜을 저버린 극악무도한 사람처럼 느껴졌다. 내 감정은 동전의 양면처럼 이쪽과 저쪽을 오가고 있었다.

우리 집에도 행복이 시작되는 줄 알았어

중학교 3학년이 되었을 때였다. 처음으로 지하실 방을 벗어나 지상에 있는 집으로 이사를 했다. 옆 동네에 신축된 빌라였다. 작은 사업을 하고 있던 아버지가 받아야 할 돈 대신 집을 받았다고 하는데, 자세한 상황에 대해서는 알 수 없었다. 어느 날 갑자기 아버지가 집이 생겼다며 이사를 가자고 했으니 엄마도 정신이 없으셨다.

어찌 되었든 몇 년을 지하실 방에 살다가 번듯한 집으로 이사를 하게 되니 무척이나 좋았다. 엄마는 새집으로 이사하기 전 가지고 있던 가구며 살림살이들을 다 처분하고 새로 장만을 하셨다. 살림살이들이라고 해봐야 낡고 망가진 오래된 고물들뿐이었다. 새집에, 새살림에 지금까지 고생만 하고 살았으니 좋은 집에서 행복하게 살 일만 남았다며 이웃들도 축하를 해 주셨다.

집에는 신경 하나 쓰지 않으면서 나 몰라라 밖으로만 나돌던 아버지다. 이제는 번듯한 집을 마련해 이사를 했으니 앞으로 가정에 충실하고 돈도 잘 벌어, 우리 다섯 식구 그동안의 안 좋은 기억들은 잊고 행복하게 살자고 했던 엄마의 말이 어렴풋이 떠오른다. 엄마도 아버지에게 그런 기대를 품고 계셨을 거다. 여태 역할은 제대로 하지 않았지만 이제 아이들도 커가고 집도 생겼으니 책임감도 생겼을 거라는 기대 말이다. 이제 좋은 집에서 좋은 일만 생기겠지 하는 기대 심리 말이다.

엄마는 이사를 한 뒤에도 일을 다니셨고 주말에도 쉬지 않았다. 학교에 가지 않는 일요일이면 엄마 없는 집에 아버지랑 있으면 그렇게 어색하고 싫을 수가 없었다. 아버지는 요구 사항이 많고 잔소리도 심했다. 지하실 방에서 살 때는 두 집으로 나뉘어 있어 떨어져 지냈기에 그렇게까지 신경이 쓰이지 않았다. 그런데 이젠 한 집에서 부대끼며 지내니 더 힘들었다.

아버지는 집을 마련한 것으로 가장의 역할은 다 했다고 생각하셨던 모양이다. 욕설과 폭력은 여전했는데 어깨에 힘이 들어가 있는 게 달라진 점이었다. 겉모습만 바뀌었을 뿐 우리 실상은 달라지지 않았다.

지상에서의 삶은 그리 오래가지 못했다. 아버지가 보증을 잘못 서면서 작게나마 하던 사업체와 집이 날아갔기 때문이다. 어느 날 갑자기 낯선 사람들이 우르르 몰려와 빨간딱지를 붙이고 갔다. 일을 마치고 집에 온 엄마가 대성통곡을 하던 모습이 지금도 생생하다. 드라마에서나 보던 일이 우리 집에도 일어났다. 가구며 가전이며 큰 것에서부터 작은 것 가리지 않고 빨간딱지가 붙어 있지 않은 게 없었다.

아버지는 채무 문제로 고소까지 당해 쫓기는 신세가 되었다. 아버지가 사라져 버렸으면 좋겠다고 생각했었는데, 정말로 아비지가 집에서 사라졌다. 본인 잘못도 아니고 서류에 도장 한 번 찍었을 뿐인데 도망자 신세가 되어 버렸다. 나중에 어렴풋이 알게 된 일은 보증을 섰던 그 친구분이 작정하고 아버지에게 보증을 부탁했다는 거다.

빨간딱지가 붙고 난 후로 수시로 경찰과 형사들이 찾아왔다. 채권자들이 밤낮으로 집으로 몰려들었다. 무서웠다. 엄마가 일을 나갔을 때 빚쟁이들이 몰려올 때마다 우리 삼 남매는 두려움에 떨었다. 어느 날은 한 아줌마가 이렇게 번듯한 집에 살면서 내 돈은 왜 안 갚느냐며 집안을 뒤지기 시작했다. '언니는 이 코딱지 만한 집이 번듯해 보이냐, 차압 딱지 붙은 거 안 보이냐, 우리도 못 건드리는데 건들면 경찰에 신고하겠다. 그리고 우리 엄마는 식당 일 다니신다. 그런데도 돈이 많아 보이냐' 하며 큰소리를 쳤다. 그리고 그 이후론 누가 우리 집에 찾아와 문을 두드리면 아무도 없는 척 숨을 죽이곤 했다. 두 번 다시 겪고 싶지 않은 공포와 두려움이었다.

누구나
다 그런 건 아니다

다시 지하 방으로

1년의 지상 생활을 마치고 다시 지하실 방으로 이사를 했다. 전에 살았던 지하실 방 옆 빌라 지하였다. 방 두 개와 비좁은 주방이 딸린 집. 공동화장실을 썼다. 집이 경매로 채권자들 손에 넘어가고 가구나 가전들도 차압이 돼 이삿짐은 그리 많지 않았다. 내 나이 17살, 고등학교 1학년 때였다. 이사를 했어도 채권자들이 어떻게 알았는지 집으로 찾아와 한바탕 난동을 벌일 때가 있었다. 지금 생각해보면 그분들도 돈 잃고 얼마나 화가 나고 속상했을지, 그렇게라도 하지 않으면 살 수 없지 않았을까 싶다.

아버지는 여전히 도망자였다. 형사들이 가끔 찾아와 아버지의 존재를 묻곤 했지만 우리는 알 수가 없었다. 핸드폰도 없던 그 시절 어떻게 연락하며 지냈는지 모르겠지만 엄마는 가끔 우리에게 아버지 소식을 알려 주곤 했다.

어느 정도 시간이 흐르자 채권자들도 지쳤는지 보이지 않았다. 다만 형사들이 우리가 아버지를 만날 수도 있다 생각했는지 우리를 미행하기도 하고 집으로 찾아오기도 했다. 엄마에게 차라리 자수를 해서 옥살이를 하고 나와 떳떳하게 사는 게 낫지 않냐고 물었다. 엄마는 아버지 잘못이라곤 친구를 믿었던 죄뿐인데, 그걸로 집 잃고 가족과 떨어져 도망자 신세가 됐다. 아버지도 억울하지 않겠느냐며 두둔을 하셨다.

무서웠고 짜증이 나기도 했지만 아버지와 떨어져 살아서 좋은 점도 있었다. 아버지가 가끔 밤늦게 우리가 사는 집으로 찾아올 때가 있었다. 그때마다 떨어져서 지낸 가족이라 애틋한 정이 느껴졌던 건 아니다. 가족을 고생시키는 아버지에 대한 원망을 쏟아낼 때가 많았다. 나보다는 언니가 그런 말을 할 때가 많았다. 아버지도 화가 나고 속상했는지 술을 마시고 와서는 신세한탄을 하며 주정을 부리셨다. 아버지와의 관계는 더 멀어져만 갔고 상처는 더욱 더 깊어지기만 했다.

어느 날 엄마는 우리가 사는 집과 조금 떨어진 곳에 아버지가 지낼 수 있는 단칸방을 마련해 주었다. 그리고 반찬을 만들어 나르고 빨랫감을 가져오곤 했다. 일을 다니는 것만으로도 힘드셨을 터인데, 두 집 살림까지 도맡으셨던 것이다. 고생하는 엄마를 보면서 아버지를 좋아할 수는 없었다. 이해할 수도 없었고 하고 싶지도 않았다.

언젠가 밤늦게 아버지가 술을 마시고 찾아와 엄마에게 온갖 짜증을 부렸다. 그걸 본 나는 그때까지 참아왔던 마음속에 눌려 있던 미움이 폭발했다. 그래서 이렇게 따져물었다.

'아버지가 지금까지 엄마에게 해 준 게 뭐가 있냐. 우리에게는 뭘 해 주었느냐, 가장이라면 돈을 벌어 가족을 부양해야 하는데 아버지는 한 게 없지 않냐? 낳았다고 다 부모가 아닌데 뭐가 그리 당당하시냐? 이런 집에서 힘들게 사는 우리가 안 보이냐. 그럼 말이라도 따뜻하게 해 줘야지 엄마가 우리를 두고 도망이라도 갔으면 어쩔 뻔했냐? 계속 엄마 힘들게 하실 거면 찾아오지도 마시라.'

나중에 엄마에게 듣기론 아버지는 그날 큰 충격을 받으셨다고 했다. 언니야 그동안 아버지를 차갑게 대하고 대들곤 했지만 그때까지 말 한마디 없던 내가 눈 똑바로 뜨고 대들었으니 말이다.

아빠도 힘들었기에 절망감을 엄마에게 혹은 우리에게 풀어
낸 것이다. 하지만 절망의 구렁텅이에 빠진다고 모두가 그렇게
무너지지는 않는다. 마지막 힘을 쥐어짜 결국 그 구렁텅이에서
떳떳하게 벗어나는 사람들이 더 많다. 누구나 다 실수할 수 있
고 잘못을 저지를 수도 있다. 단지 어떻게 대처하느냐에 따라
인생은 달라진다. 그런 일들을 발판 삼아 더 악착같이 열심히
살면 분명 더 나은 삶을 살아갈 수 있게 된다. 그런데 아버지는
본인의 억울함과 절망에 무릎을 꿇었던 것이다.

다시 지하실로 되돌아왔지만 마음은 편했다. 아버지와 떨어
져 살게 되었다는 것, 빨간딱지 집에서 벗어났다는 것, 더이상
사람들이 쫓아오지 않을 거라는 마음에서였다. "내 팔자에 좋
은 집에 사는 건 없나 보다"며 이사를 나올 때 엄마가 많이 우
셨던 기억이 난다. 우리도 그랬다. 말은 하지 않았어도 다들 깊
은 상처를 끌어안고 있었다.

또 하나의 콤플렉스

여고생이었던 내게 그 지하실 방은 또 하나의 콤플렉스였다.

친구들이 내가 그런 지하실 방에 살고 있다는 걸 알까 두려웠다. 지하실에서 나오는 모습을 다른 사람들 눈에 들키게 될까 불안했다. 창피함, 수치심 같은 마음들이 늘 마음 한편에 껌딱지처럼 달라붙어 있었다. 친한 친구 둘 이외에는 내가 지하실 방에 산다는 사실을 아무도 몰랐다. 가끔 다른 친구들 집에 놀러 가기도 했지만 그 뿐이었다.

엄마는 무너진 마음을 추스를 새도 없이 없이 아침부터 밤늦도록 일을 다니셨다. 밤늦게 들어오셨어도 힘든 기색 없이 집안 살림을 하며 우리를 챙기셨다. 가장의 역할까지 도맡느라 엄마의 어깨에 걸린 삶의 무게는 견디기 힘들 정도였다. 물론 아버지가 계셨어도 그런 삶의 무게가 줄어들지는 않았겠지만 그래도 엄마는 아버지가 있는 것과 없는 것은 다른 거라고 하셨다. 지랄 맞고 형편없는 신랑이라도 옆에 있어야 남들이 무시하지 않는다고 했다. 아버지 없는 아이들, 신랑 없이 혼자 사는 여자. 그 시절은 연민과 안타까움이 아니라 색안경을 끼고 좋지 않게 보는 사람들이 많았던 시절이었기 때문이다.

그래서였을까, 아버지 없는 아이라는 말을 들을까 봐 더 모범생처럼 굴었다. 공부를 잘해서 모범생이 아니라 선생님 말을 잘 듣고 사회가 규정한 나쁜 행동을 하지 않으려 노력했다. 솔직히 말하자면 "아버지 없이 크니 애가 이 모양이지." 하는 말보다 "엄마는 뭘 하길래 애를 이렇게 키웠대." 라는 말을 듣고 싶지 않아서였다. 그렇지 않아도 무거운 삶의 무게를 짊어지고 있는 엄마에게 그런 말들을 듣게 하고 싶지 않았다. 그래서 나도 모르게 바른생활 아이가 된 것이다.

고등학교 때 공부는 뒷전이고 일탈을 즐기는 친구들이 있었다. 어른들이 하지 말라고 하는 행동이라면 굳이 더 하고 다니고, 미성년자들에게 금지된 곳들을 드나들면서 마치 어른이라도 된 것처럼 신나게 무용담을 늘어놓는 친구들이 있었다. 한편으로 그렇게 자유를 만끽하는 친구들이 부럽다는 생각이 들기도 했지만 저러다 '부모님이 알면 얼마나 속상하실까?' 하는 마음이 들곤 했다.

하지만 그런 친구들이 더 선생님 속을 썩이고 힘들게 해서 그런지 존재감 하나는 확실했던 것 같다. 나처럼 있는 듯 없는 듯한 사람은 나중에 그런 친구가 있었는지도 모른다. 그러나 자유분방하게 놀던 그런 아이들은 누구나 다 기억하는 게 대부분이다. 심지어 결혼도 더 잘한 친구들이 많다. 어른이 되어 그런 소식을 들을 때면 '아, 나는 공부도 잘하지 못했던 아이인데 열심히 놀기라도 했다면 그 시절 즐겁게는 보낼 수 있었을 텐데.' 하는 마음이 들어 왠지 억울한 기분이 들었다.

우리 삼 남매는 엇나가는 행동 하나 하지 않았다. 엄마 속 한 번 썩이지 않고 학교생활을 마쳤다. 그 무섭다는 사춘기 시절도 무난하게 지나갔다. 아니 겉으로만 그렇게 보였을 것이다. 고생하는 엄마를 더 힘들게 하고 싶지 않아 스스로를 억눌러 참았다.

집안 형편이 어렵거나 문제가 있는 가정에서 자랄 땐, 문제를 일으키거나 반항적인 행동들을 하기도 한다. 하지만 우리 형제는 조용하고 말 잘 듣는 아이들이었다. 부모 입장에서는 말썽부리지 않고 잘 자라 준 게 대견하고 기특했겠지만 나의 내면에는 깊은 상처가 자리 잡고 있었다. 그건 다른 형제들도 마찬가지였을 것이다.

니 꿈은
뭐니?

다른 이에게 내 얘기를 하고 싶고 그에 대한 위로와 공감 또
는 조언을 듣고 싶어 이야기를 꺼낼 때가 있다. 그런데 상대가
자기도 같은 경험이 있다며 나보다 더 많은 말을 쏟아내 듣기만
했던 경험. 누구나 한 번쯤은 겪어봤을 일이다. 그래서였나 늘
가만히 듣고 고객을 끄덕이며 공감을 표하는 내게 친구들은 가
끔씩 비밀 이야기들을 털어놓았다.

중학교 때였다. 언제나 그렇듯 친구들의 이야기를 듣고만 있
었다. 한 친구가 고민거리를 털어놓았고 친구들 사이에 일종의
토론 비슷한 이야기들이 오가기 시작했다. 그러다 어느 순간 나
도 몇 마디 거들기 시작했는데 처음 고민거리를 이야기했던 친
구가 내 이야기에 고개를 끄덕이며 공감을 해 주고 있었다. 이

야기가 마무리되자 내 말에 기분이 좋아졌다며 고맙다는 말을 해 주었다. 친구에게 고맙다는 말을 들은 나 역시 기분이 좋아졌다. 친구에게 고맙다는 말을 들은 나 역시 기분이 좋아졌다. 내 이야기가 고맙다고? 뿌듯한 생각이 들었다. 그 뒤로도 친구들이 고민 비슷한 이야기를 하면 몇 마디 공감하는 말을 해 주었고, 그때마다 친구들은 고맙다면서 너와 이야기를 하면 참 편하고 좋다는 말을 해 주곤 했다.

중학교는 사춘기 한복판에 머무는 시기다. 사춘기의 아이들 특히, 여자아이들은 감정이 파도를 타며 춤을 추는 예민한 시기다. 하지만 누군가 내 이야기를 들어주고 공감해 준다는 사실만으로도 힘이 되기도 한다. 더 나아가 문제 해결을 할 수 있도록 약간의 도움을 줄 수 있다면 든든한 마음에 의지가 되기도 한다. 다만 자신의 이야기가 다른 사람들에게 퍼질까 두려워 말을 꺼내지 못할 때가 많다. 평소 조용한 성격에 입이 무겁다 생각이 들었는지 친구들은 내게 속마음을 털어놓기 시작했다. 가벼운 수다가 아닌 마음을 나누는 사이가 됐다. 그러자 어느 순간 혼자가 아니라는 느낌이 들었다. 그때부터 나는 친구들 사이에서 존재감을 느끼게 됐다. 친구들이 내 이야기를 듣고 마음이 편해졌다거나 문제를 해결하는 모습을 보면서 나도 덩달아 기분이 좋아졌고 뿌듯한 마음이 들었다.

그래서였을까. 내가 마치 선생님이 된 것 같았다. 교과 지식을 가르치는 선생님이 아니라 마음을 위로해 주는 선생님. 어린 시절 내가 생각하고 있던 선생님 상은 공부를 가르쳐 주시는 존재를 넘어 힘들어하는 아이들에게 힘이 되어 주고 고민을 들어 주는 분이었기 때문이다.

새학기가 시작되면 으레 기초적인 질문이 담긴 가정통신문을 준다. 이름, 주소, 가족관계는 물론이거니와 취미와 특기, 꿈을 적기도 한다.

나는 꿈을 묻는 문항에 '선생님'이라는 단어를 적기 시작했다. 선생님이란 직분을 수행하기에는 공부가 부족했으나 친구들 이야기를 들어주고 이야기를 나누면서 막연한 느낌이긴 했으나 선생님이라는 직업을 떠올렸던 것이다. 그 꿈에 한 걸음이라도 가까워지기 위해 공부도 열심히 해야겠다고 생각했다. 그러나 그 꿈은 실업계 고등학교를 진학하게 되면서 말 그대로 꿈으로만 남게 됐다.

그래도 그런 과정들을 거치며 더 이상 소심한 아이가 아니었다. 자신감도 생겼고 친구들과 지내는 것이 얼마나 재밌고 즐거운 일인지 알게 되었다. 어려서 자주 병원을 들락거리느라 또래

관계가 중요했을 시기, 제대로 된 친구 하나 사귀지 못하고 쭈 뼛쭈뼛 친구들 주위를 맴돌다 학기가 끝나버렸다. 그런데 사람과의 관계 맺기에 작은 변화가 생긴 것이다. 물론 처음 만나는 사람들과의 관계에서는 여전히 낯을 가려 먼저 다가가기가 어렵다. 새로운 장소에 가는 것도 적응하는 데 시간이 필요했다. 한마디로 처음 만나는 친구들에겐 조용하고 말도 잘 안 하는 사람이지만 친해지고 나면 이렇게 재밌고 좋은 친구가 어디 있나 싶을 정도로 편한 사람이 되었다. 이런 모습은 어른이 되어서도 나랑 친해졌던 사람들 대부분이 '처음 모습과는 너무도 다르다'라고 입을 모았다.

선생님이 되고 싶다는 꿈은 그 당시 이룰 수 없는 꿈으로 남게 되었지만, 친구들과 끈끈한 관계가 생기니 그걸로 만족했다. 됐다고 생각했다. 하지만 가끔 '내 꿈은 선생님이었는데…' 하는 아쉬운 마음이 들었다. 그래서였을까. 훗날 나에 대한 물음들을 던졌을 때 그나마 답을 내릴 수 있는 작은 희망이 되어 주었다.

쓰기 싫었던
종이 한 장

따라쟁이

고등학교 3학년, 실업계 고등학교라서 한창 면접을 보러 다니고 취업전선에 뛰어들어야 할 때 IMF가 터졌다. 졸업 전 취업이 결정되는 게 대다수였는데, 우리 학년은 정반대의 상황에서 졸업을 맞이하게 됐다. 고등학교 3학년 2학기 햄버거 가게에서 아르바이트를 하다가 졸업 후 본격적으로 매니저 일을 하게 되었다. 직원으로 월급이라는 걸 받기 시작했지만 정사원이 아닌 준사원의 급여였다. 한참 아르바이트를 할 때 언제까지 아르바이트만 할 거냐며 간호조무사 학원을 등록시켜 준 엄마는 그런 나를 못마땅해 하셨다. 간호조무사가 좀 더 전문직이고 월

급도 더 많을 텐데 햄버거 가게 직원이 뭐냐며 타박을 하셨다. 하지만 나는 그 일이 신나고 재미있었다. 마침 그때 실습기간이었는데 이 일을 해야 하나 싶은 생각이 들 때였다.

처음 직원으로 일을 하게 됐을 땐 아르바이트를 할 때처럼 재미있었다. 힘들어도 시간 가는 줄 몰랐다. 그런데 어느 순간부터 문제점들이 하나둘 생기면서 더 이상 재미가 없어졌다. 첫 번째로는 같이 아르바이트생으로 일했던 친구들과 관계가 모호해졌다. 같은 아르바이트생으로 일할 땐 입장이 같아 별로 문제가 될 게 없었는데 입장이 바뀌니 친하게 지내던 친구들이 어느 날부턴가 나를 피하기 시작한 것이다. 두 번째로는 말이 직원이지 그 일은 오래 할 수 있을 만한 일이 아니라는 걸 깨닫게 됐다. 노동 강도에 비해 급여가 많지 않았기 때문이다.

결국 나이를 더 먹기 전에 지속적인 일을 할 수 있는 직장으로 옮겨야 할 것 같은 생각이 들었다. 그때, 마침 함께 아르바이트를 하면서 친해졌던 친구들이 하나둘 그만두게 되자 덩달아 사표를 내게 되었다.

하지만 고졸학력으로 엄청난 자격증을 가지고 있는 것도 아니고 경력도 없는 내게 일자리를 주려는 회사는 많지 않았다.

취업을 하려면 기본적으로 이력서를 작성해야 한다. 하지만 '저는 이런 사람이에요.'라고 보여 줄 것들을 가지고 있지 못했다. 한마디로 쓸 내용이 없어 칸을 채우는 것 자체가 곤욕이었다.

'아니 사람만 성실하고 착하면 됐지, 이런 걸 꼭 써야 하나? 이력서를 꽉 채운 사람보다 더 열심히 일할 자신이 있는데 이런 스펙들만 보고 사람을 판단하다니.'

그때는 이런 생각을 했었다.

'집이 어려워서 대학을 나오지 못한 건데, 억울하다.' 자격증은 또 어떤가. 실업계 고등학교는 실무 위주로 수업을 한다. 그래서 친구들은 따로 학원을 다니며 자격증을 땄다. 하지만 나는 어렸을 때 여러 번 거절을 당했던 뼈아픈 기억들이 작동해 엄마에게 한번 이야기를 해보고는 '그럼 그렇지, 우리 형편에 학원은 무슨…' 하면서 포기를 했었다. 더구나 언니도 실업계 고등학교에 진학해 먼저 학원에 다니고 있었는데 나까지 보내 줄 형편이 아니라는 게 눈에 훤했기 때문이다.

실업계 고등학교를 졸업했지만 실무 능력을 보여 주는 자격증조차 갖고 있지 않으니 서류 전형조차 통과하지 못해 면접을 보라고 오라는 곳이 없었다.

작은 회사에 경리 자리였다. 스타트업 회사로 직원들은 10명 안쪽이었다. 여직원도 있었지만 나와는 달리 남자 사원들과 같은 일을 했다. 학교를 졸업하고 비록 작지만 번듯한 직장에 다니게 되자 누구보다도 엄마가 좋아하셨다. 그제야 진정한 사회인이 된 듯한 기분이었다.

나보다 두 살이 더 많은 동료 언니와 친해졌는데, 여직원은 우리 둘뿐이었다. 업무는 서로 달랐지만 나이도 비슷하고 여자는 우리 둘뿐이어서 금방 친해지게 됐다. 나에게 경리업무 말고 좀 더 능력을 키워서 다른 일도 해보라며 조언도 해주었다.

우리는 직장 동료를 떠나 친한 언니 동생으로 변해 갔다. 퇴근 후엔 같이 저녁을 먹기도 하고 주말에도 영화를 본다거나 밥을 먹거나 하며 어울렸다. 언니는 여동생이 없다며 친동생처럼 대해 주었다. 지금까지 이름과 얼굴이 생각날 정도로 끈끈한 사이가 되었다. 그러던 어느 날 언니가 사표를 냈다. 유일하게 의지할 수 있었던 존재라 여겼는데 언니의 부재는 나를 작아지게 만들었다. 심적으로도 흔들렸는지 업무 실수도 잦았고 사장님과의 관계에서도 불편한 감정들이 들기 시작했다. 신생 회사여서 그런지 사장님 기분도 널뛰기 수준이라 제일 가까운 곳에 있는 내게 화풀이를 하는 경우가 있었다. 어린 마음에 감당하기 힘들었다. 학교 다닐 때 친구들과의 관계 맺기가 힘들었던 것처럼 사회생활 경험이 없는 내게 직장에서의 인간관계도 힘들고 어렵게 느껴졌다. 힘렵게 시작한 직장생활이었는데 상처만 남은 채 퇴사를 하기에 이르렀다.

　직장을 그만두고 이런 생각이 들었다.
　'나는 왜 친구 따라 강남 간다고 이런 일들이 계속 일어나는 것일까. 나는 의지가 약한 사람인가?'
　실업계 고등학교에 진학하게 된 것도 제일 친하게 지낸 친구를 따라 지원했었다. 아르바이트도 친구가 하자니깐 시작했다. 입시 공부도 친구가 하자니깐 '그래 해보자'였다. 햄버거 가게 매니저 일도 친하게 지내던 동료들이 그만두자 일하기가 싫어졌었다. 이런 일들이 반복되자 스스로 '나는 왜 이럴까?' 자책하는 시간만 쌓여 갔다.

핑계없는 무덤 없다

　새로 들어간 직장은 비정규직이었다. 한 회사에서 같은 업무를 하고는 있지만 소속이 달랐다. 본사와 지점이 있는 그리 작지 않은 기업이었는데 이름만 대면 대부분 알고 있는 회사였다. 누군가 어느 회사에 다니느냐고 물었을 때 회사 이름을 이야기하면 다들 "아~ 좋겠다." 하는 반응을 보였다. 그런데 "정규직은 아니고 비정규직이야."라고 하면 '역시 그렇구나.' 하는 표정이었다. "그럼 그렇지." 라고 말하는 것처럼 느껴졌었다. 처음엔 그냥 취업만 해도 좋겠다 생각했다. 막상 취직을 해서 일을 하다 보니 같은 일을 하는데 급여도 다르고 대우도 다르다는 게 기분이 좋지만은 않았다. 급여는 격차가 있다는 사실이 눈에 보이지는 않아 덜했다. 연월차, 여름휴가 특히, 명절에 선물이나 보너스 등 눈에 보이는 차별이 느껴졌다.

그나마 다행이라고 생각한 건 다른 언니 하나도 비정규직이었다는 것이다. 아마 나를 빼고 모두가 정규직이었다면 엄청난 소외감을 느꼈을 것이다. 언니들은 대부분 착했다. 회사에서 같은 업무를 하고 많은 시간을 함께 보내다 보니 친언니보다 더 친하게 지냈던 시절이었다.

언니들은 사회 초년생이나 다름없는 내게 업무적인 것을 떠나 사회생활 선배로서 다양한 것들을 알게 해 주었다. 대학을 나온 언니들도 있었지만 대부분 고졸. 하지만 직장을 다니면서 야간대학이라든지 방송통신대학을 다니며 학사학위를 따낸 언니들이 많았다. 그래서였는지 언니들은 내게도 야간 전문대학이라도 진학을 해서 졸업장을 따라며 권유를 했다. 왜냐 하면 공부에 대한 욕심도 욕심이지만 회사에서의 대우가 달랐기 때문이다. 그건 우리 회사뿐만 아니라 다른 회사도 마찬가지였다. 언니들은 자기들도 회사에서 조금은 편의를 봐 줘서 야간대학에 다니며 졸업장을 땄으니, 이곳에서 일할 때 학교에 다니며 졸업장을 따라는 이야기였다. 정규직도 아닌 비정규직이라 혹시 이 회사를 그만두게 된다 해도 다른 곳에 취업할 때 도움을 받을 수 있으니 말이다.

처음엔 나 역시 야간 전문대라도 다니고 싶었다. 하다못해 방송통신대라도 말이다. 하지만 야간대학이라도 등록금 생각을 하지 않을 수 없어서 그냥 생각만 하다 그칠 때가 많았다. 언니들은 내가 벌어서 등록금 대고 간다는데 뭐가 어떠냐며 적극적으로 진학을 권했지만 나는 차마 엄마에게 말을 꺼낼 용기가 나지 않았다. 방송통신대는 등록금이 저렴했지만 혼자 공부하는 시스템이라 그동안 포기하지 않고 잘 해 낼 수 있을지 자신이 없었다. 입학은 쉬워도 졸업하긴 힘들다는 얘기가 있을 만큼 학업을 따라가기가 어렵다는 말이 있었다. 그래서였는지 언니가 대학을 간다고 선언했을 때 더 배신감이 들었다. 큰 월급은 아니었지만 엄마한테 손 내밀지 않는 것만으로도 엄마를 도와주고 있는 거라 생각했다. 목돈을 모아 엄마에게도 드리고 독립자금으로도 써 보자는 계획도 있었다.

하지만 세월이 흘러 되돌아보니 돈은 그저 핑계였고 공부가 하기 싫었던 것이다. 경제적인 이유 뒤에 숨어 자신을 합리화하고 하고 있었다. 정말 하고 싶은 공부였다면 언니처럼 밀어붙였을 테니 말이다.

세상은 이제 대학을 나오지 않으면 쓸모없는 사람 취급을 당하는 시대로 바뀌었다. 처음 만나는 사람마다 "전공이 뭐예요? 어디 대학 나왔어요?"라고 물었다. 그때마다 진땀이 흘렀다. '고졸'이라는 것이 또 하나의 콤플렉스가 되어버렸다. 주위에서 누가 소개를 시켜 준다 해도 '고졸'이라고 말하는 게 부끄럽고 창피한 생각이 들어 손사래를 쳤다. 집안 사정이 어려워 대학에 가지 못했다는 핑계도 한두 번이다. 나보다 더 어려운 상황에서도 대학에 들어가 공부하며 졸업한 사람들이 있으니깐 말이다. 그래서 더 사람들과 새로운 관계를 맺는 데 어려움을 느끼게 됐다.

졸업장도 졸업장이었지만 직장생활 연차가 쌓일수록 혹시나 모를 상황에 대비해 공부는 해야겠다는 생각이 들었다. 당시 사회 분위기는 여직원이 오래 근무하기가 어려운 환경이었다. 결혼을 하고 아이를 갖게 되면 '육아'라는 명목으로 직장을 그만두는 일이 대다수였다. 법적으로는 육아 휴직이 규정되어 있다지만 현실에서는 쉽지 않은 일이었다. 전문직을 가지고 있는 여성이라면 모를까 일반적인 사무직 여직원들은 직장생활을 오래 지속하는 경우를 많이 보지 못했다. 자의든 타의든 육아를 계기로 직장을 그만두기 때문이다.

돈을 벌 수 있는 일이 좋았다. 일을 하는 게 즐거웠다. 하지만 전문직도 아니고 더군다나 고졸이다. 어떤 일을 할 수 있을까. 무슨 공부를 해야 할까 고민하다가 학점은행제라는 것을 알게 되었다. 온라인 강의를 들으며 보육교사 자격증이랑 사회복지사 자격증을 딸 수 있었다. 물론 목돈을 들여 학원에 다니며 자격증을 취득하기도 하지만 그럴 만한 돈이 없었다. 학원에 다닐 만한 시간도 맞지 않았다. 결국 내가 낼 수 있는 시간에 공부할 수 있는 온라인 강의를 택했다. 사이버대학도 생각했으나 등록금이 만만치 않아 내가 할 수 있는 최선의 방법을 택했던 것이다.

이수해야 할 과목도 많아서 두 가지 자격증을 취득하는 데 꽤 오랜 시간이 걸렸다. 퇴근 뒤에나 주말에 공부를 해야 해서 결혼을 하고 난 뒤에는 신랑의 도움을 받았다. 아이를 낳고 키우는 시간도 필요했기에 그만큼 더 지체됐다.

하지만 자격증도 취득하고 학점은행제를 통해 전문대 졸업에 준하는 학점을 인정받아 이력서에 '전문대 졸'이라고 쓸 수 있게 되었다.

그 남자,
그 여자

신기한 인연, 그 남자

내게는 입담 좋기로 소문난 고등학교 친구 A가 있다. 같은 이야기라도 얼마나 맛깔나게 하는지 반에서 인기 최고인 친구였다. 스스로 연기자가 되어 상황극이라도 하는 것처럼 이야기를 풀어나가니 늘 재미가 있었다. 그래서인지 그 친구의 꿈은 성우였다.

하루는 A가 이렇게 말했다.

"얘들아, 나 폰팅했던 오빠를 만났는데 너무 좋은 거 있지, 딱 내 스타일이야."

내 또래라면 폰팅 한번 해보지 않은 사람이 없었던 시절, 폰팅은 말 그대로 전화로 하는 소개팅이었다. 아무 번호나 전화를 걸어 "나랑 폰팅할래?"라고 하면 상대의 의사에 따라 전화로 인연을 맺거나, 더 나아가 실제 만남으로 이어지는 당시로선 최첨단 소개팅이었다.

A도 폰팅으로 알게 된 오빠와 전화 통화만 하다가 호기심을 느꼈는지 직접 만나게 됐는데 좋았던 모양이다. 그렇게 만남을 이어가다 좋아한다고 고백까지 했는데, 그 오빠는 대학에 들어가게 되면 다시 만나자고 했다. 돌려서 친구의 고백을 거절한 셈이다.

그 말을 들은 나와 다른 친구들은 흥분해서 떠들었다.

"아니 무슨 로맨스 소설이야 뭐야. 뭔 대학생이 되어 만나재. 그냥 싫으면 싫다고 하지. 어머 웃긴다, 너 같은 애를 거절하다니 굴러들어 온 복을 찼네, 찼어."

쾌활하며 재치 있고 유머가 있던 A는 그 오빠와의 에피소드에 대해 학교에 와서 다 털어놓는 바람에 친구들은 이미 다 알고 있었던 터였다. 그래도 성격이 쾌활했던 A는 개의치 않고 편한 오빠 동생으로 연락하며 지냈는데, 어느 날부터 연락이 끊겼다고 했다.

그렇게 세월이 흘러 그 친구는 대학생이 되었고, 다른 친구들도 각자의 자리에서 열심히 살아가고 있었다. 한때의 추억으로 희미해질 무렵, A가 그 오빠와 연락이 닿아 만났다고 했다. 그동안 군대를 다녀왔고, 옛날 추억을 되새기며 재밌는 시간을 보냈다는 이야기를 특유의 입담으로 실감나게 풀어놓았다.

당시 A는 이미 결혼을 약속한 남자 친구가 있는 상태였고, 나를 포함한 다른 친구들 모두 솔로였다. A는 우리에게 솔로 탈출을 시켜 주겠다며 단체 소개팅 자리를 주선했는데, 상대방 주선자가 바로 그 오빠였다. 우리는 소개팅보다 그 시절 친구를 거절한 그 오빠가 얼마나 대단한 남자이길래 그랬는지에 대한 궁금증이 더 컸다. 소개팅 당일 상대 주선자인 그 오빠는 친구들이 아닌 선배들을 데리고 나왔고, 기대를 품었던 친구들은 실망감을 감추지 못했다.

나는 별 기대를 하지 않았던 터라 맘 편하게 술 마시고 노래방까지 가서 놀다가 헤어졌다. 그런데 친구처럼 지내자며 나를 비롯해 친구들 연락처를 받아 갔던 A의 첫사랑 오빠와 몇 번인가 통화를 하게 되었고 만남으로까지 이어지면서 정이 들기 시작했다. 사실 소개팅 자리에 나갈 때는 연애를 시작해볼 마음은 없었다. 그랬기에 평소 친구들과 노는 것처럼 그 자리 자체를 즐길 수 있었는데, 오빠는 그런 모습이 맘에 들었다고 한다. 나도 오빠가 친절하고 말도 잘하며 상대방을 배려하는 모습이 마음에 들었고 우리는 자연스럽게 만남을 이어갔다.

소식을 접한 친구들은 역시나 흥분을 감추지 못했다. 소개팅의 최대 수혜자는 나라며 부러워하기도 했다.

오빠는 만나면 만날수록 진국이라는 느낌이 들었다. 무엇보다 이렇게 부족한 나를 좋아해 주는 게 고마웠다. 다시는 이런 사람을 만날 수 없을 거라는 생각에 내가 먼저 결혼 이야기를 꺼냈다. 연애를 시작한 지 채 2년이 안 되었던 시기였다. 둘 다 아직 나이도 어린 상태였다. 오빠는 결혼을 하기엔 아직 이른 것 같다고 했다. 본인이 아직 사회생활을 시작한 지 얼마 안 돼 모아놓은 돈이 없으니, 조금 더 돈을 모은 다음에 하자 했다. 가족을 먹여 살려야 한다는 부담감과 책임감이 들었을 것이다.

하지만 나는 결혼을 늦추는 게 오히려 데이트 비용으로 돈이 더 많이 나가고, 어차피 할 거라면 빨리 해서 자리 잡는 게 더 좋지 않을까 하는 생각이 들었다. 그래서 오빠를 설득했고 마음의 결정을 내리게 되었다.

혼자 살겠다고 말하는 그 여자

학창 시절, 절대로 결혼 같은 건 하지 않겠다며 말하고 다니던 독신주의자였다. 처음엔 부모님을 보며 결혼에 대한 부정적인 인식이 생겼다. 엄마도 가끔씩 능력 있으면 결혼하지 말고 혼자 살라는 이야기를 하셨다. 거기에 사춘기를 지나 외모 콤플렉스까지 더해지니 스스로 벽을 치기 시작했다. 모든 면에서 자신감이 떨어지니 나를 좋아해 줄 사람은 아무도 없을 거라며 거절당하는 데 대한 심리적 방어기제가 작동하기에 이르렀다. 말하자면 결혼을 못 한 게 아니라 안 하는 거라는 핑곗거리를 만들고 싶었다. 먼저 독신주의자라고 떠들고 다니면 나중에 결혼 적령기를 놓치게 된다 해도 "쟤는 독신주의여서 결혼을 안 하는 거래." 하고 이야기해 줄 것만 같았다.

고등학교를 졸업하고 친구들이 한창 연애를 하는 모습을 보면 속으로 부러웠다. 그렇다고 적극적으로 남자를 만나기 위한 노력도 하지 않았다. 아무리 그래도 나 역시 여자인데 왜 연애를 하고 싶지 않았을까. 주말이면 친구들 대부분 남자 친구를 만나 데이트를 즐기기에 친구들을 만나기도 힘들었다. 어떤 친구는 문어 다리를 걸치기도 했는데, 그런 능력자 친구들을 보며 세상은 참 불공평하다는 생각마저 들었다. 주중에는 회사에 나가니 괜찮았는데 주말이면 아버지와 하루종일 집에 있어야 해서 여간 불편한 게 아니었다. 그래서 혼자 돌아다니기 일쑤였다. 주로 서점에 가서 책을 읽곤 했다. 지금이야 혼밥, 혼술 등 혼자 지내는 것이 익숙한 분위기지만 그때는 혼자 밥을 먹거나 영화를 본다거나 하면 일종의 측은지심 비슷한 시선을 감내해야 하는 시대였다. '나는 친구가 없어서 혼자 놀아. 외톨이야.' 이렇게 보여지는 게 싫어 눈치를 보던 시절이라고 해야 할까. 나 역시 외톨이라는 걸 티 내고 싶지 않아 주로 서점을 이용한 것이다.

독신주의자라고 떠들고 다니던 애가 언니보다도 먼저 시집을 간다고 하니 주변에선 다들 놀라는 눈치였다. 엄마는 언니보다 동생이 먼저 결혼을 하는 게 맘에 걸리기도 하고, 결혼 비용을 마련해 줄 형편도 되지 않아 걱정이 태산이었다. 하지만 그동안 내가 모아놓은 돈으로 결혼 비용으로 쓰겠다고 말씀을 드리고, 사위 될 사람도 만나 보니 믿음이 갔는지 마음을 놓기 시작하셨다.

처음 사귀기 시작했을 때 얘기하지 않고, 어느 정도 신뢰와

믿음이 쌓이자 오빠에게 우리 집 사정에 대해 귀띔을 해 주었다. 그러다 결혼이야기가 오갈 무렵 솔직한 가족사를 이야기 해 주었다. 내가 자라온 환경과 지금 처해 있는 상황에 대한 이해를 바라는 마음에서였다. 오빠는 괜찮다며, 신경 쓰지 말라 했다. 그래서 더 신뢰가 가고 마음이 놓였다.

연애를 하면서도 느낀 거지만 오빠는 기본적으로 부모님은 물론이고 어른들을 공경하는 예의 바른 청년이었다. 처음 집에 인사를 왔을 때 아버지가 보지 않았던 일, 상견례 자리에도 나오지 않았던 일들을 생각하면 기분 나빠한다거나 우리 집을 무시할 수도 있었을 텐데, 그런 모습은 전혀 보이지 않았다. 오히려 우리 어머님, 아버님 하면서 더 살갑게 대했다. 그래서인지 결혼 전부터 친척들 사이에서 평판도 좋았다.

신랑은 우리 아버지와는 180도 다른 가장이었다. 맞벌이를 했기에 스스로 알아서 집안일을 도왔다. 아니 오히려 남편이 더 적극적으로 하는 부분들이 많았다. 아이가 태어난 뒤에는 육아에도 적극적이었다. 맞벌이를 해도 육아와 집안살림은 여자가 해야 한다는 인식이 강했던 때였다. 요즘처럼 아버지표 육아라는 말이 흔치 않던 때였으니 시대를 앞서가는 아버지다. 그런 신랑을 둔 나를 주변에서는 모두 부러워했다. 사촌들은 우리 신랑 같은 남편감이라면 더할 나위 없다고 했고, 엄마를 보고는 남편 복은 없어도 사위 복은 있다는 덕담을 건네기도 했다.

스스로도 이런 신랑을 만날 수 있었던 것이 얼마나 큰 행운이고 감사한 일인지, 늘 신랑을 보며 고마운 마음이었다. 무엇보다 엄마도 주변에서 건네는 사위에 대한 칭찬에 흐뭇해 하셨다. 한없이 낮았던 자존감이 새삼 올라가는 듯한 느낌이었다. 무엇하나 내세울 것 없는 사람이라 생각하며 살아왔는데 다들 시집 잘 갔다고 칭찬을 해 주니 말이다.

신랑은 돈 많은 부자는 아니었으나, 그보다 훨씬 중요한 '기본이 된 사람'이다. 돈은 그다음 문제다. 이렇게 성실하고 착한 사람이라면 돈은 얼마든지 벌 수 있는 날이 올 거라 생각했다. 오히려 '돈까지 많은 사람이었더라면 친정이나 나를 무시했을 수도 있지 않을까' 하는 생각도 들었다.

그렇게 온갖 콤플렉스와 찌질한 마음들로 가득했던 나였는데, 신랑을 만나 결혼을 하면서 내 삶은 안정을 찾게 되었다.

2장

———

내 안의
나를 발견하다

좋은 엄마가
되고 싶었다

부모란 말이지

결혼을 하고 6개월이 지난 어느 날, 며칠 전부터 이상한 느낌
에 퇴근길 약국에 들러 임신 테스트기를 샀다. 아침 첫 소변이
제일 정확하다는 설명에 신랑에게는 일단 아무 말도 하지 않고
잠자리에 들었다. 콩닥거리는 마음에 잠은 오지 않았고 뒤척거
리다 아침이 밝아왔다. 떨리는 마음으로 화장실로 들어가 테스
트를 했다.

희미하게 드러나는 빨간색 두 줄을 보는 순간 심장이 터져나
가는 줄 알았다. 그리고 막 일어난 신랑에게 테스트기를 보여
주며 우리가 이제 엄마 아빠가 될 거라는 이야기를 전했다.

신랑은 믿기지 않는 표정으로 테스트기를 한참 만지작거렸다. 주말에 함께 병원으로 가서 검사를 받기까지 그 며칠 동안 긴장감이 사라지지 않았다. 병원에선 아직은 너무 일러 아기집만 보이고 심장은 뛰지 않는 상태라며 일주일 뒤에 다시 오라고 했다. 지금 생각하면 너무 일찍 심장이 생기기도 전에 병원부터 간 것이다. 기다려야 하는 그 일주일이 얼마나 긴장되고 떨리는 시간이었던지….

일주일 후, 다시 찾아간 병원에서 아기 심장 뛰는 소리를 듣고 나서야 비로소 내가 엄마가 된다는 사실에 기쁨과 전율이 몰려왔다. 신랑도 여전히 얼떨떨하고, 신기해 했지만 아버지가 된다는 기쁨만은 감추지 못했다.

대부분의 임산부들이 그렇듯 나 역시 좋은 것만 먹고 좋은 것만 보려 했다, 생전 듣지도 않던 클래식 음악을 듣고, 뱃속 아기에게 동화책을 읽어 주며 태교에 여념이 없었다. 하지만 불러오는 배를 보며 한편으론 '이 아이를 어떻게 키워야 할까.' 하는 걱정이 쓰나미처럼 밀려왔다. .

부모들은 어떻게 키워야 잘 키우는 것인지 모르는 상태에서 첫 아이를 갖게 되는 경우가 많다. 처음엔 막연하게 아이의 발달을 이해하고 어떤 행동들로 대처해야 하는지 몰라 육아 책을 읽기 시작했다. 그와 동시에 내가 자라왔던 환경들이나 느낌으로 아이를 키우고 싶지 않은 마음들이 생겨났다. 어려운 가정 형편과 평화가 없는 집안 분위기, 좋은 기억이 별로 없는 어린 시절을 보냈었다. 내 아이만큼은 그렇게 키우고 싶지 않았다. 그래서 아이의 신체적 발달을 이해하는 데 그치지 않고, 정서적으로 어떻게 교감하며 키워야 하는지 알기 위해 육아서적들을 확장시켜 읽었다. 그리고 부모로서 물질적인 보살핌도 좋지만 정서적인 안정감을 주는 게 무엇보다도 중요하다는 사실을 알게 되었다. 부모의 환경과 마음가짐에 따라 아이를 대하는 태도나 마음가짐도 달라진다는 사실도 알게 됐다. 그랬기에 내가 먼저 기쁘고 행복해져야 한다는 생각이 들었다.

엄마는 열악한 환경에서도 최선을 다해 우리 삼 남매를 키우셨다. 부족했지만 굶을 정도는 아니었다. 하지만 책을 읽으면 읽을수록 육아가 단순히 좋은 환경에서 키우는 게 전부가 아닌, 감정적으로도 잘 키워야 행복한 아이로 자라나게 된다는 사실에 더 공감되었다.

한마디로 내면이 강한 아이로 키우고 싶었다. 먹고사는 거야 내 어린 시절보단 잘살고 있으니 괜찮다고 생각했다. 나는 정서적으로 사랑받지 못하며 자라왔다고 생각했었다. 그래서 내 아이는 충분한 사랑을 받으며 컸다고 느끼게 해 주고 싶었다. 아이를 잘 키워낸 엄마들의 자서전들을 보며 '나도 이렇게 키워야겠다.' '잘 키우고 싶다.' 이런 마음들이 점점 더 강하게 느껴졌고 누구보다 좋은 엄마가 되고 싶었다. 똑똑한 아이로 키워 영재를 만들어야겠다는 게 아니라 마음이 따뜻한 아이로 키우고 싶었다. 무엇보다 아이를 낳았다고 부모가 되는 게 아니라 부모도 좋은 부모가 되기 위해 공부를 해야 한다는 걸 깨닫게 됐다.

워킹맘으로 항상 분주했지만 좋은 부모가 되고 싶어 책을 가까이 하고 삶에 적용하고자 애썼다. 하지만 좋은 부모는 한 번에 되는 게 아니었다. 하루에도 열두 번 아니 골백번, 오만 가지 감정들이 휘몰아쳐 왔다. 아이를 잘 키우고 싶어 책을 보는데도 머리와 마음이 따로 노는 날이 많았다. 죄책감과 자책감이 들었다. 좋은 부모가 되고 싶은데 무엇이 문제일까.

'비극적인 대화가 오고 가는 이유는 아이를 사랑하는 마음이 부족해서가 아니라 하나의 인격체로서 존중하는 마음이 부족한 탓이며, 지식이 부족해서가 아니라 아이를 다루는 기술이 부족하기 때문이다.'

_『부모와 아이 사이』하인 G. 기너트

들켰다, 진짜 모습을

우리 부부는 훗날 부모가 다 세상을 떠나고 난 뒤 홀로 남겨질 아이를 생각하니 혼자보단 형제가 있어야 한다는 생각이 들었다. 신랑은 "3년 터울은 중고등학교 입학, 졸업이 같은 해에 걸리는데, 같은 날짜에 하면 난감하잖아. 그러니 2년이 낫지 않나?" 하고 말했다. 듣고 보니 그럴 듯했다.

그러다 진짜로 첫째 아이를 낳고 2년 만에 둘째를 낳게 되었다. 임신은 계획대로 되지 않는 영역인데 우리 부부에겐 계획된 임신이 되었다.

첫째는 남자아이라 둘째는 여자아이를 바랐다. 겪어 보니 부모를 생각하는 건 딸밖에 없다는 생각이 들었다. 나중에 나이가 들어 딸아이랑 친구처럼 지내는 모습을 상상해보기도 했었다. 이런 바람대로 둘째는 여자아이가 태어났다.

첫째 때와 마찬가지로 출산휴가 3개월만 쉬고 직장에 복귀했다. 그때는 육아 휴직을 하게 되면 불이익을 당할 수도 있었고, 그만둬야 할 것만 같은 직장 내 분위기가 있었다. 그럼 근처에 누가 대신 돌봐 줄 사람이 있지 않았을까 싶겠지만 친정엄마는 여전히 생계를 책임지는 가장이셨다. 시어른들도 가게를 하시기에 전적으로 육아를 책임져 줄 사람은 아무도 없었다. 가끔 아이가 아프다거나 무슨 일이 있을 때 시부모님께서 잠깐씩 봐 주는 것만으로도 감사한 마음이었다.

그런 이유로 아이들은 100일도 채 되지 않아 어린이집에 다니게 됐다. 첫째 때는 주변에서 100일도 안 된 아기를 부모님도 아니고 남의 손에, 어린이집에 보내면서까지 직장에 다녀야 하느냐며 독하다는 얘기를 많이 했다. 전문직도 아니고 육아 휴직도 쓸 수 없는 회사를 뭐하러 그렇게까지 다니냐는 것이다. 하지만 나는 일하는 게 즐거웠다. 돈을 버는 게 재밌었다. 그리고 무엇보다 집에서 아이만 바라보며 지내다가는 우울증에 걸릴 것 같은 느낌이 들었다.

아이를 키우는 것은 엄청난 인내심과 사랑이 필요한 일이다. 사랑은 마음껏 줄 수 있지만 인내심이라는 부분에선 장담하지 못할 것 같은 불안함이 있었다. 나 자신이 참을성이 부족하다는 생각을 하고 있었기 때문이다.

직장을 다니며 육아를 해도 이 정도인데 만약 하루종일 아이와 붙어 있다면? 아! 상상하는 것조차 끔찍했다. 아무리 육아 책들을 읽고 실천한다고 하지만 아이 키우는 일은 정말 도를 닦는 일이었다. 나 스스로 아이를 잘 키우고 싶은 마음에, 내 감정에 휘둘리면서 키우고 싶지 않아 힘든 상황임에도 별거 아닌 직장이라도 악착같이 다녔던 거다.

하지만 직장을 다니면서 아이를 키운다는 것은 보통 일이 아니었다. 일하고 와서 피곤한데 살림도 해야 하고 아이들도 돌봐야 한다. 아이가 말을 잘 듣거나 잘 있어 주면 좋은데 그건 부모의 희망사항일 뿐이다. 그리고 하나만 키우다가 둘이 되니 몸과 마음이 두 배, 아니 열 배 이상 힘들었다. 특히나 둘째는 감정적으로 힘들게 하는 예민한 아이였다.

그런 말이 있다. 남자아이 키우다가 여자아이를 키우면 거저 키우게 되고, 여자아이 키우다가 남자아이를 키우게 되면 몇 배로 힘들다는 말. 남자아이가 키우기 힘들다는 편견이 있어 그런 얘기가 나왔는지는 모르겠지만 우리 집은 정반대였다.

첫째는 남자아이치고는 순하게 크는 아이였고, 둘째는 여자아이임에도 늘 살얼음판을 걷는 것 같았다. 누가 그런 말을 했는지 찾아가 따지고 싶은 마음이 하루에도 열두 번씩 들 때가 많았다. 여자아이라 감정이 예민했던 것일까. 육아 서적을 아무리 봐도 알 수가 없었다. 책에 나온 대로 실천을 해도 내 생각엔 우리 아이는 예외라는 생각이 들었다. 일하고 와서 할 일은 많고 힘든데 무조건 안아달라는 아이, 자기만 봐달라고 떼를 쓰는 아이를 어떻게 해 줄 수가 없었다. 물론 책에 나온 대로 처음엔 요구사항을 들어 주었다. 짜증을 낼 땐 기다려 주기도 하고 다 받아 주기도 했었다. 하지만 그런 일들이 반복되니 점점 지쳐갔다.

그러다 한 번, 두 번 화를 내기 시작했고 어느 날은 내 감정에 휘둘려 아이를 심하게 밀쳐내는 일이 벌어졌다. 처음에 그런 행동을 하는 내 모습에 너무 놀랐다. 죄책감과 미안함에 아이를 붙잡고 대성통곡을 했다.

하지만 처음이 힘들다고 했던가. 다시는 그러지 말아야지 했던 일을 어느 순간 또 다시 반복하는 모습을 발견했다. 그런 나 자신이 무서웠다. 눈에 넣어도 아프지 않은 내 새끼인데, 감정 하나 다스리지 못하고 아이에게 해서는 안 되는 모습들을 보이는 내가 너무 싫었다.

육아 책을 백날 읽으면 뭘 하나, 이렇게 한순간에 무너질 때가 많은데 말이다. 아이를 때린다거나 직접적인 폭력을 휘둘렀던 건 아니지만 밀치는 행동, 말투, 표정으로 폭력 아닌 폭력을 휘두르고 있었다.

어느 날 내 모습이 낯설지 않다는 느낌이 들었다. 왜 그러지?

왜 그러지? 한참을 생각하다 뒤통수를 얻어맞은 듯한 충격을 받았다. 아버지의 모습이 떠올랐다. 그렇게 싫었던, 절대로 아버지 같은 부모는 되지 말아야겠다고 결심했던 모습을 똑같이 하고 있었다. 내 아버지가 했던 치를 떨 정도로 보기 싫었던 행동과 말들을 내가 내 자식에게 하고 있다니. 나처럼 키우고 싶지 않아 뱃속에 있을 때부터 육아 책을 읽기 시작했는데도 소용이 없었다는 걸 알게 되자 두려움이 밀려왔다.

책만 읽어서 될 게 아니라 부모의 싫은 모습을 왜 내가 똑같이 하고 있는지 나를 알아야겠다는 생각이 들었다. 상담센터 같은 곳에 가서 심리치료도 받고 싶은 심정이었는데 사실 그게 더 무서웠다. 나의 어떤 치부를 들키게 될까 겁이 났다. 그러다 서서히 알게 되었다. 부모로부터 가난이나 부유함과 같은 경제적인 유산만 대물림되는 게 아니라 안 좋은 성격이나 행동들, 습관들도 대물림된다는 것을 말이다.

그랬다. 나는 가정폭력이라 말할 수 있는 환경에서 자란 사람이었다.

무엇을 위해
살고 있는가

2010년 2월 진단을 받고, 회사에 휴직을 신청해 3개월을 쉬었다. 병원에 입원해 검사를 받고 치료를 받았지만 속으로는 여전히 불안했다. 지금은 이렇게 담담하게 이야기를 할 수 있지만 그 당시 받았던 충격은 시한부 시한부 선고나 다름없을 정도로 컸기에 몸과 마음을 추스를 시간이 필요했다.

직장 분위기도 그리 좋지는 않았다. 당시는 기혼 여성이 직장에 오래 근무할 수 있는 여건이 아니었다. 그런데 건강까지 나쁘다면 말할 필요도 없다. 난치병에 걸렸다는 게 알려지면 회사를 그만 둬야 할 것 같아서 병명에 대해서는 입을 다물었다. 말을 꺼내면 순식간에 소문이 퍼지는 게 회사라는 조직이어서 부득이 거짓말을 할 수밖에 없었다. 일단 치료를 하면 낫는 병으로 보고를 하고 휴직 신청을 했다.

병원에선 정확한 진단을 위해 온갖 검사가 시행됐고, 치료를 위해 열흘쯤 입원하고 퇴원을 했다. 여러 가지 검사 중에 제일 정확도가 높은 검사는 뇌척수액 검사, 그다음은 MRI다. 뇌척수액 검사는 척수에 바늘을 넣어서 척수액을 뽑아 검사한다. 몸을 새우처럼 웅크린 상태에서 뽑는데 자세도 이상했거니와 바늘이 들어가서 척수액을 뽑을 때의 통증은 다시는 하고 싶지 않을 만큼 아팠고 끔찍한 느낌이었다.

MRI 검사는 이상한 소음을 들으며 한 시간 가까이 검사가 진행된다. 척수와 뇌 MRI, 두 번의 검사가 이루어졌다. 거기에 온갖 신경계 검사까지 쉴 틈 없이 이어졌다. 그런데 뇌척수액 검사 후 극히 적은 부작용의 확률까지 더해져 이틀을 침대에서 일어나지도 못하고, 먹지도 못하고 고생하다 시술을 받고 나서야 움직일 수 있게 됐다. 나타났던 증상들은 고농축의 스테로이드제를 며칠 투여받으니 점점 사라졌고, 움직이는 데 무리가 없을 정도로 증상이 호전됐다. 그렇게 힘든 병원 생활을 겪고 집으로 돌아왔다. 병원에 있을 땐 신랑이 늘 함께 있어 준 데다 일단 몸이 힘드니깐 당장의 치료에만 집중하느라 다른 생각을 할 겨를이 없었다. 통증만 없어지기를, 멀쩡하게 걸어 다닐 수 있기만을 바랐다.

집에 와서도 처음엔 몸의 회복이 우선이기에 아이들을 어린이집에 보내고 쉬기만 했다. 맞벌이었던지라 일찍부터 어린이집에 보냈던 게 다행이란 생각이 들었다. 만약 내가 집에서 아이를 돌보는 전업맘이었다면 분명 난감했을 것이다.

집에서 쉬며 몸을 추스르는 동안 건강은 조금씩 회복되어 갔다. 그런데 몸이 회복되는 만큼 생각은 점점 많아지기 시작했다. 처음에는 내가 왜 이런 병에 걸린 걸까? 하는 물음과 함께 원망의 감정들이었다. 억울한 마음이 들었고 이제 나는 어떻게 살아야 하는 것인지, 어린아이들을 생각하니 불안과 두려움이 공포가 되어 나를 짓눌렀다.

어떻게 해야 이 억울하고 원망스러운 마음을 잠재울 수 있을까. 그런데 생각하면 할수록 내가 언제까지 건강한 몸으로 살 수 있을지 보장되지 않는 상황에서, 누구를 탓하고 원망만 하고 있기에는 시간이 아깝다는 생각이 들었다. 그래서 앞으로 어떻게 살아야 할지. 미래에 대해 고민하기 시작했다. 무엇보다 아이들에게 아픈 엄마의 모습만 보여 주고 싶지 않았다. 좌절과 우울함에 빠져 아무것도 하지 않는 무능력한 엄마의 모습도 보이고 싶지 않았다. 그나마 육아 책들을 읽어왔기에 엄마가 어떻게 하느냐에 따라 아이들이 행복하게 잘 자랄 수도, 그렇지 않을 수도 있다는 사실을 금방 인지할 수 있었다. 그런 생각들이 들자 일단 아이들과 행복하게 살고 싶다는 마음이 강하게 다가왔다. 그와 더불어 인간의 근본적인 물음들도 고개를 들기 시작했다. 나는 왜 태어난 것이며 무엇을 위해 이런 아픔의 순간이 온 것일까. 어려서도 아프고 힘들었던 기억들이 많은데 왜 어른이 되어서까지 이런 일들을 겪어야 할까.

어느 정도 몸이 회복되자 집에만 있기 답답해 근처로 산책을 다녔다. 음악을 듣고 걸으며 주변 풍경을 둘러봤다. 그러면서도 생각은 끊이지 않았다. 나는 여태 무엇을 위해 살았던 것일까. 앞으론 무엇을 위해 살아야 할까. 단순히 아이들을 위해서? 아니 그건 부모로서 당연한 일이겠다. 그리고 육아 책에도 늘 하는 이야기가 엄마가 행복하고 즐거워야 그 좋은 에너지가 아이들한테 간다고 하지 않던가.

생각해보면 같은 상황이라도 내가 기분이 좋으면 그다지 화가 안 나는데, 기분이 별로인 상태일 때는 쉽게 짜증을 내거나 화를 내는 경우가 있었다. 결국 아이들과 행복하게 잘 사는 것도 내가 어떻게 사느냐에 따라 달라진다는 걸 알 수 있었다.

그래, 일단은 내가 먼저 행복해지자. 내가 먼저 건강해지고 긍정적인 사람이 되자. 그리고 그 마음으로 아이들에게 다가가자. 지나간 과거는 과거일 뿐이다. 후회하고 원망해봐야 아무 소용도 없다. 결과가 달라질 것도 아니다. 그렇기에 지금 현재를 잘 살아보자. 현재를 잘살고 있어야 미래의 나도, 내 가족도 행복할 수 있으니 말이다. 그렇게 나는 지금 이 순간을 열심히 살기로 결심했다.

내가 나를
사랑하지 않았다는 것조차 모를 때

이해심이 많다고?

"우리 뭐 먹을까? 이번엔 네가 좋아하는 걸로 먹자. 너 뭐 좋아해?"

"난 아무거나 다 좋아. 넌 뭐 먹고 싶은 거 있어?"

친구들이 물으면 한결같은 대답을 해왔다.

나는 내가 뭘 좋아하는지도 분명하게 생각하고 있지 않았지만, 먹고 싶은 메뉴가 있다고 해도 상대를 고려해 메뉴를 선택했었다. 그게 상대를 위한 배려라 생각했다.

그런 일들이 반복되다 보니 어느 시점부턴 자기들이 결정해

놓고는 "이거 먹자, 괜찮지?" 하며 메뉴를 결정한 뒤 물어보곤 했다. 그러다 어느 정도 상대와의 만남이 익숙해지고 편안해지니 먹고 싶은 메뉴를 얘기하고 싶은 마음이 생길 때도 있었다. 그런데 이미 결정을 하고 물어보니 난감했다. 왜냐면 "싫은데 딴 거 먹자."라는 말로 반박하지 못했기 때문이다.

"모두가 예스라고 말할 때 노라고 말할 수 있는 사람! 모두가 '노'라고 답할 때 '예스'라고 말할 수 있는 사람!"

TV에 나왔던 어느 금융회사 광고 문구다. 나는 이 광고 문구와 정반대의 사람이었다. 조직 생활을 하는 회사에서는 저런 말을 하기가 힘들다. 친구이거나 편안한 사이에서는 달라지겠지만, 그 편안한 관계 속에서도 배려라는 명목 아래 내 의견보단 상대방의 의견에 더 힘을 실어 주었다. 스파게티를 먹고 싶은데 상대가 싫다고 하면 어쩌지? 나는 여기 가고 싶은데 상대방이 가기 싫다고 하면 어쩌지? 상대의 입에서 "싫다"는 말을 듣게 될까 겁이 났다. 왜 그랬을까. 단순히 '그 메뉴가 싫고 그 장소가 싫어.'라고 말했을 뿐일 텐데, 그 말 자체가 내가 싫다는 뜻으로 동일시 되었던 거다. 무엇이 나를 그렇게 만들었던 것일까.

친구들이나 오래 관계를 맺고 지낸 지인들은 내가 엄청나게 배려를 잘해 주고 상대의 의견을 존중해 준다 생각한다. 물론 그것은 맞다. 하지만 예전에 내가 배려했던 마음과 지금의 배려의 모습은 성격이 조금 다르다. 예전엔 배려를 해 주면서도 정작 나는 기분이 좋지 않을 때가 있었다. 내 의견을 말하고 싶은데 말하지 못했을 때 마음 한편이 불편했다. 그런데 지금은 내 의견을 얘기할 때도 있고, 설령 이야기하기 어려운 분위기라 하더라도 기분이 나쁘다거나 불편하지 않다. 나를 싫어할까 봐 불안한 마음에 하는 배려가 아니라 정말로 하고 싶어 하는 배려라 마음이 더 가볍고 뿌듯하며 편안하다.

이런 마음이 들기까지 꽤 오랜 시간이 걸렸다. 진단을 받은 후 가치 있는 인생을 살고 싶다는 생각에 나를 들여다 보게 됐다. 마음 챙김에 집중하게 됐는데 내가 아프게 된 데에는 다 이유가 있다는 걸 느끼게 됐다. 무언가 나에게 깨달음을 주기 위해서라는 생각도 들었다. 아프고 힘들면 계속 그래야 하는데, 나는 증세가 나타났다 사라졌다 왔다갔다 하는 환자인지라 그런 생각이 들었다.

물론 내 병은 끝까지 이런 패턴은 아니다. 그 아플 때와 아프지 않은 때를 반복하는 횟수가 잦아질수록 아프지 않은 기간이 줄어들고 후유증도 남게 된다. 그러다 결국 아프지 않은 시간이 완전히 사라지는 최악의 상황까지 가게 되는 것이다. 진단을 받았을 당시 침대 생활을 하게 될 수 있다는 의사의 얘기가 그것이다.

다발성 경화증 환자치고는 현상 유지를 잘하고 있는 환자다. 예전엔 보험 적용이 안 돼 고가의 약이라 치료를 제때 받지 못해 후유증이 남아 장애 판정을 받은 환자들도 많다고 들었다. 지금도 물론 진행이 빠른 환자분들 중에 장애 진단을 받는 분들이 계신다지만, 그분들에 비하면 나는 얼마나 복 받은 환자인가 말이다.

원인 없는 결과는 없다고 했다. 그리고 나는 어떤 상황이나 현상들이 생겼을 땐 다 그만한 이유가 있다고 믿는 사람이다.

왜 그렇게 살았니

'하필 걸려도 자가면역질환이라니. 자기 몸은 스스로 지켜야 한다는데, 네 편인지 내 편인지도 모르고 막무가내로 공격하다니 왜 하필 이런 병일까.' 신경이 손상되는 병이라 하니 나는 마음의 병인 것만 같았다. 그래서 마인드 컨트롤이 중요하다 생각했다. 마음 챙김에 좋은 책들을 찾아봤고 의식에 관한 책들이라든지 뇌과학, 양자물리학 같은 책들도 챙겨보기 시작했다. 그러면서 '눈에 보이는 게 다가 아니구나.' 하고 느끼게 되는 것들이 많았다.

'병에 걸려 고통받기 위해 태어난 건 아닐 텐데. 나는 왜 태어난 거지? 태어났으면 건강하게 잘 살다 가고 싶은데 왜 이런 병에 걸린 걸까. 시한부 병에 걸린 것도 아니고. 잊을 만하면 나타나게 하는 병이라니.' 이런 물음들이 끊임없이 올라왔다. 세상이 나한테 숙제를 내 준 듯한 느낌이 들었다. 나는 종교가 있는 사람도 아니었는데 어렸을 때 다녔던 교회를 다시 가야 하나, 교회를 가면 이런 의문에 대한 답을 알 수 있지 않을까 하는 생각도 들었다.

마음 챙김에서 주로 하는 얘기는 명상을 하며 진짜 나와 만나서 대화를 해보라는 거다. 새벽에 일어나 감사일기를 쓴다거나 음악을 들으며 혼자만의 시간을 가지려 노력했다. 그러다 보니 어느 순간 육아서를 읽으면서 알게 된 내면아이, 즉 내 안에 진짜 나라는 존재가 있다는 것을 느끼게 되었다. 그런데 내면아이는 주로 상처를 받았다거나 트라우마 같은 고통을 겪었을 때는 만나기 힘든데, 내면아이를 만나야만 자유로워질 수 있다고 한다. 내면아이를 만나 자유롭고 싶은데 난 상처와 결핍, 피해의식 등이 높은 사람이었다.

초등학교 때 친구들과 어울려 놀고 싶었지만 당당하게 함께 어울리고 싶다는 말을 하지 못했던 기억들이 화석처럼 마음 한편에 굳어 있다. "나도 같이 놀고 싶어. 끼어 줘." 왜 이런 단순한 말 한마디 못하고 쭈뼛거리기만 했을까? 그런 내가 못나 보이고 싫었다.

중학교 때라고 달랐을까? 외모 때문에 자존감이 바닥까지 떨어졌다. 주근깨와 덧니는 콤플렉스가 되어 내 마음을 갉아먹었더랬다. 처음 만난 사람 앞에서 내 이름을 밝히고 소개하는 간단한 일조차 말하기가 싫었고, 인기가 많은 예쁜 친구들을 보면 질투가 났다. "나는 왜 이렇게 생겼을까? 주근깨가 있으면 덧니라도 없어야지. 이게 뭐람." 나 자신에게 계속해서 부정적인 말들을 퍼부어댔다.

고등학교 때는 지하실 방에 사는 가난이 부끄럽고 창피했다. 내 처지가 알려질까 친구들을 초대하지 않았고, 그러다 보니 친구가 초대를 해도 고개를 저었다. 학교에 가면 늘 비교하기 일쑤였고, 위축되는 모습에 '너는 그거밖에 되지 않느냐'며 스스로 비난을 퍼부어댔다.

나 자신을 사랑해 주지 못했다. 외모, 집안 환경, 학력 등….

뭐 하나 내세울 게 없으니 자존감이 높을 리 없어 늘 소심한 모습이었다. 친구들이 가끔 소개팅을 권하기라도 하면 속으론 "좋아, 하고 싶어." 외치고 있지만, 내 입에서 나오는 말은 "아니 괜찮아, 난 남자 별로 안 좋아해."였다. 거절당하는 것이 두려워, 상처 받기 싫어 스스로 내 마음에 벽을 치기 시작했다.

그런 나를 좋아해 주는 사람을 만나 결혼이라는 걸 하게 됐고, 천사들이 찾아왔다. 육아 책들을 섭렵하고 매달린 것은 내 아이들이 나처럼 살지 않았으면 하는 마음에서였다. 내가 자라온 시간과 환경을 내 아이들에게 대물림해 주고 싶지 않았다. 그래서 그토록 싫어했던 아버지의 행동들을 나도 모르게 아이에게 하고 있다는 걸 알게 되었을 때의 충격은 어떤 비유로도 설명이 되지 않는다. 그러다 깨닫게 되었다. 내가 나를 한 번도 사랑해 주지 않았다는 사실을 말이다. 한 번도 자신을 인정해 주지 않았다. 나의 내면에서는 사랑받지 못한 아이가 절규하고 있었다.

"나 좀 사랑해 줘. 나를 좀 봐줘, 나 여기 있잖아."

갑자기
위기가 닥치더라도

단 한 사람도 없었다

몇 년 전 우리 부부에게 큰 위기가 찾아왔다.

신랑은 다른 사람을 잘 이해해 주고 배려해 주는 마음이 따뜻한 사람이었다. 가정에 충실한 데다 어른들 사이에서도 평판이 좋아 크게 싸울 일도 별로 없는 사람. 하지만 평소 조용한 사람이 화가 나면 누구보다 무섭게 변하기도 한다. 서로 다른 남녀가 함께 살면서 어찌 매일 좋기만 할까. 가끔 마음에 들지 않은 것들이 있어도 서로 이해하면서 맞춰 살아가게 되는 것이 부부의 모습이다.

우리라고 다르지 않았다. 신혼 초에는 특히, 의견이 맞지 않아 투닥거리곤 했다. 성인이 될 때까지 살아온 생활 습관이며 성향이 다르니 당연한 일이다. 보통 그럴 때는 대개 신랑이 이해해 주고 넘어가는 편이었다. 한 고집 부리는 내 성격을 잘 알고 있던 신랑이 싸움이 크게 번지기 전에 양보를 해 줬던 거다. 참 고마운 신랑이다. 처가에 대해 꼬투리를 잡거나 친정 부모님을 무시하는 티를 내는 일도 전혀 없는 사람이다. 나보다 더 친정 부모님을 잘 모시는 신랑이었다. 적극적으로 육아에 동참했던 다정한 아빠를 애들은 엄마인 나보다 더 좋아했다.

그런 신랑이 한 번 터지니 무서운 사람으로 돌변했다. 도화선은 돈 문제였다.

육아 문제로 회사를 그만 두고 베이킹을 하겠다며 이것저것 배우기 시작했다. 집에서 복습을 하기 위해서는 사들여야 할 도구들도 많았다. 창업을 하려면 투자를 해야 하는 건 당연하다고 생각했다. 배움과 자기계발 한다며 목돈을 쓰기도 했는데, 신랑과 상의 없이 내 마음대로 결정한 것이 문제의 시작이었다.

단순히 제과제빵 자격증을 따는 걸 넘어 트렌디한 공부를 하고 싶어 공방이나 개인 클래스에서 배웠기에 수업료가 비쌌다.

신랑도 처음엔 적극적으로 지지하는 모습이었다. 속으로는 이제 외벌이가 됐으니 아껴 써야 하는 마음이 들었을 것이다. 하지만 티를 내진 않았다. 그런 신랑이 고마웠다.

육아 휴직 복귀와 조직개편이 맞물리면서 멀리 떨어진 곳으로 발령 이야기가 나왔었다. 분명 더 가까운 다른 여직원이 있는데도 나를 멀리 발령 낸다고 하니 화가 났다. 육아 휴직을 내서 부당한 대우를 받는 거라 생각했다. 육아 문제와 함께 창업을 이유로 당당하게 사표를 쓰고 나왔다. 그래서 보란 듯이 보여 주고 싶어 조바심이 났다. 욕심이 생겼다. 응원해 주는 신랑에게도 빨리 결과물을 보여 주고 싶었다. 그래서 상의도 없이 돈을 써버렸다.

신뢰에 금이 가면서 걷잡을 수 없게 되었다. 처음엔 실금처럼 보이지도 않던 것이 어느 순간 깨지기 직전까지 갔다. 전처럼 사이좋은 부부의 모습은 어디에도 없었다. 극도로 날이 서 있는 위태위태한 모습이었다. 신랑은 이기적인 내 모습에 실망감과 배신감을 느꼈다. 처음엔 당연히 이해해 줄 것으로 생각했는데 너무한 거 아닌가 하는 마음에 나 역시 서운한 감정이 들기 시작했다. 독한 말을 내뱉는 신랑에게 나도 할 말이 있다며 이야기를 해봤지만 주변에 내 편은 한 명도 없었다. 당연한 일이었다. 평소 신랑의 모습을 아는 사람이라면 누가 봐도 내 잘못이라고 여기는 상황이었다. 그래 맞다. 원인 제공자는 나다. 사치가 심해 흥청망청 쓴 것은 아니었지만 상의도 없이 내 마음대로 목돈을 써버렸다. 신랑으로서는 당연히 배신감도 들고 서운했을 것이다.

신랑이라고 왜 하고 싶은 게 없었을까. 가장이라는 무게를 짊어지고 있으니 참았을 텐데, 하고 싶은 거 다 하고 사는 내가 이기적으로 보였을 것이다. 엎친 데 덮친 격으로 나름대로 잘해보겠다고 했던 일들이 결과가 좋지 않았다. 경제 공부가 제대로 되어 있지 않은 상태에서 일을 벌린 게 원인이었다. 돈에 대해 더 민감할 수밖에 없는 상황이었다.

몇 번의 큰 싸움 끝에 아이들을 생각해 잘살아보자 합의를 했다. 하지만 이미 서로에게 큰 상처를 준 상태였다. 꾸준히 마음 챙김을 하며 심리적으로 조금은 단단해지고 있는 상태였는 한순간에 무너져버렸다. 찌질하고 우울하고 못났던 내 모습으로 되돌아가 버렸다. 우울증을 넘어 무기력에 가까운 삶이었다. 아이들을 생각하며 겉으론 이를 악물고 버텼다. 유치원에 다니던 아이들도 집안 분위기가 어떤지, 엄마 아버지의 기분이 어떤지다 느끼고 있었을 것이다. 그래서 버텼다. 하지만 아무것도 하고 싶지 않았다. 사람들과 관계를 맺는 것도 싫었고 삶에 대한 의욕마저 사라졌다.

결국 돈

잠에서 깨 시계를 보니 아이들 하원 시간이다. 첫째와 둘째는 서로 다른 유치원에 다니고 있었다. 첫째에게 집에서 더 가까운 동생이 다니는 유치원으로 옮기자 했지만 친구들이 있어 싫다고 했다. 따로 데릴러 가야 했기에 서둘러 일어났다. 부스스한 머리, 푸석푸석한 피부, 무표정한 얼굴로 아이들을 데리고 늘 그렇듯 집 앞 놀이터에 갔다. 전업 맘이 되었지만 내성적인 성격인데다 이것저것 배우러 다녔기에 주변 엄마들이랑 사귈 만한 시간이 없었다. 다행이었다. 누군가 아는 사람이 있었다면 그 상황이 부담으로 다가왔을 것이다. 벤치에 앉아 멍하니 아이들 노는 모습만 바라보았다.

잘 놀던 딸아이가 내 쪽으로 다가왔다.
"엄마 나 저거 사 줘."

"응? 뭐?"

"저거, 친구가 갖고 있는 거 말이야."

아이가 가리키는 손끝을 따라가니 비슷한 또래의 여자 아이가 인형을 가지고 놀고 있었다. 자세히 들여다보고 싶은 마음에 자리에서 일어나 그 아이가 있는 곳으로 다가갔다. 가까이 가서 보려 하자 그 친구가 대뜸 "이거 우리 엄마가 사 준 거야. 보지 마! 내 꺼야!" 앙칼진 목소리였다. 아이가 주섬주섬 물건을 챙기더니 엄마를 부르며 어디론가 뛰어갔다.

친구가 사라지자 딸아이가 울음을 터트렸다. 더 구경하고 싶은데 가버려서 속상하다고 했다. 빨리 사러 가자며 보채기까지 했는데 달래느라 진땀을 뺐다. 그런데 이와 같은 일이 어제 오늘 일이 아니었다. 매번 놀이터에 올 때마다 아이는 무언가를 사 달라고 요구를 해왔다. 하다 못 해 음료수, 과자, 아이스크림 등 간식거리라도 말이다. 그게 뭔 대수인가 싶어 사 주기 시작했다. 그런데 매일 같이 요구하는 것들을 사 주기엔 내 주머니 사정이 여유롭지 않았다. 경제권이 신랑에게 있기에 내 마음대로 돈을 쓰는 일이 조심스러웠다. 아니, 솔직하게는 눈치가 보였다. 내 것을 사는 것도 아니다. 아이들이 필요한 것, 먹고 싶은 것을 사는데도 돈 문제로 싸우고 나니 예민해질 수밖에 없었다.

어렸을 때 넉넉지 않은 형편에 내 욕구를 억누르며 참고 살았다. 어린아이가 갖고 싶은 걸 갖지 못했을 때의 절망감이 어떤지 누구보다 잘 안다. 아이가 사달라고 원한다고 무조건 사 줄 수는 없다. 하지만 사 줄 수 있는 형편임에도 상황 따져가며 안 사 주는 거랑, 돈이 걸려 못 사 주는 건 천지차이다. 아이에게 다 사 줄 수는 없다고 설명하는 일도 하루 이틀이었다. 신랑의 눈치를 보는 일도 짜증스러웠다. 내가 무능력한 엄마 같았다. 그래서 일을 해야겠다는 생각이 들었다.

보육교사 자격증이 있어 어린이집 교사로 일을 시작했다. 다행히 같이 일했던 교사 선생님 덕에 경력은 부족했지만 일자리를 구할 수 있었다. 그렇게 다시 워킹맘이 됐다. 주변에서는 일을 하다가도 아이가 초등학교 입학할 땐 관두는 경우가 많은데 갑자기 왜 일을 하느냐며 이해할 수 없다는 반응이었다.

초등학교 입학을 앞둔 첫째가 걱정은 됐지만 나는 아이를 믿었다. 그리고 그리 멀지 않은 곳이 일터라 충분히 할 수 있겠다는 생각이 들었다. 무엇보다 경제적으로 자립하고 싶은 마음이 컸다. 커피 한잔을 사 먹어도 떳떳하게 먹고 싶었다. 아이들이 요구사항을 얘기할 때 돈을 먼저 생각하는게 아니라, 과연 필요한 것인가를 생각하고 싶었다. 신랑한테도 더는 죄인처럼 보이고 싶지 않았다. 그래서 초등학교 1학년때 엄마 손길이 가장 필요할 때라는 걸 알았음에도 마음을 바꾸지 않았다.

아이들을 챙기면서 일을 하기 시작하니 신랑이 조금씩 마음을 내 주는 것이 느껴졌다. 열심히 사는 모습을 보니 '잘 살아보자고 노력은 하는구나.' 이런 생각이 들었던 것이 아닐까. 내가 열심히 살아야겠다고 변화되는 모습을 보이자 신랑도 변화되는 모습을 보여 주었다. 아이들에게도 전처럼 잘하려는 모습이었다. 부부 사이도 점차 나아지기 시작했다. 전처럼 알콩달콩한 사이까진 아니더라도 아예 말을 안 한다거나 무시하는 행동들은 하지 않았다. 아이들 앞에서도 더는 부모의 안 좋은 모습들을 보이지 않으려 노력했다. 서로에게 상처를 크게 주었던 만큼 회복하는 데도 시간이 필요했다. 급하지 않았다. 나도 일을 함으로써 어딘가에 집중을 하니 오히려 마음이 편했다. 신랑이 아이들한테는 잘 해 주고 있으니 그걸로 만족했다. 상처를 회복하려 애쓰지 않았다. 그냥 이렇게 살다보면 자연스러워지겠지. 전처럼 편해질 때가 오겠지. 시간이 약이겠다 싶었다.

3장

나를 인정해 주자
비로소 보이는 것들

'왜'가 아닌
'어떻게'에 집중하자

아이가 엄마를 키운다

"애는 방 뺄 마음이 없어. 방을 이만큼 만들어놓고 있는 것 좀 봐요. 이 아이는 태어나려고 벌써 자기 자리를 확보해서 준비하고 있잖아. 엄마만 준비하면 되니 그냥 낳아요."

결정을 내리지 못하는 우리 부부에게 산부인과 선생님이 초음파 사진을 보며 말씀하셨다.

"아기집이 주 수에 비해 너무 커서 수술을 하게 된다면 출혈이 심해 위험할 수 있어요."

위험하다는 이 한마디 말로 아기를 낳으라며 마지막 결론을 내려 주셨다. 더 이상 할 말이 없었다. 황당하다는 생각이 들지도 모르겠지만 번복하지 못하게 결정을 내려 준 의사 선생님께 순간 고마운 마음이 들었다. 그동안 마음이 오락가락해 이러지도 저러지도 못한 채로 애만 태우고 있었다. 결정을 내리지 못하고 있었다. 죄책감에 마음이 편치 않았다.

다니던 어린이집을 재발이 되어 그만두게 됐다. 몸과 마음을 추스를 여유도 없이 아이들을 챙기는 데 에너지를 쏟고 있었다. 큰아이를 키울 때 오랜 시간 직장에 다니느라 제대로 챙겨 주지 못한 부분이 많았다. 그래서인지 일을 그만하라고 표현하진 않았었지만, 막상 일을 그만두자 엄마 이제 회사에 안 가는 거냐며 둘째보다도 더 좋아했다.

둘째는 둘째대로 종일반 대신 엄마가 일찍 집으로 데려와 많은 시간을 보내니 안정을 찾아가고 있었다. 어려서부터 예민했던 둘째는 한동안 화목하지 않았던 부모의 모습들을 보며 알게 모르게 심리적으로 불안했던 것 같다. 당장 이런 아이들을 잘 챙겨야 했고, 몸도 회복해야 했기에 다른 생각을 할 겨를이 없었다. 그렇게 겉으로는 점점 안정된 모습을 되찾아 가고 있었다.

그러던 어느 날 이상한 마음이 들었다. 그때는 약을 복용하던 중이었는데, 먹으면 안 될 것 같은 생각이 들었다. 왜 그런지는 모르겠지만 갑자기 그런 마음이 강하게 느껴지니, 며칠 빼먹는 다고 당장에 진행이 빨라질 것도 아니라는 생각에 약을 먹지 않았다. 그리고 한참이 지나 혹시나 하는 마음에 임신 테스트기로 검사를 했는데 빨간색 두 줄이 선명했다. 순간 화장실 바닥에 주저앉을 뻔했다. 머리가 멍해졌다. 화장실에서 나와 안방 침대에 걸터앉으니 제일 먼저 이런 생각이 떠올랐다.

'이래서 약을 먹고 싶지 않았었나? 약을 먹으면 안 되는 생각이 강하게 느껴졌던 것일까? 그럼 이제 어떡하지?'

아이들을 재우고 밤늦게 들어오는 신랑을 기다렸다. 그 시간이 마치 1년과도 같았다. 테스트를 확인한 후론 머리가 터질 지경이었다. 편두통으로 머리가 아팠지만 약도 먹을 수 없는 상황이라 웃어야 할지 울어야 할지 몰랐다. 신랑이 오자마자 테스트기를 보여 주며 어쩔 거냐고 따졌다. 신랑도 그 순간은 어리둥절한지, 이게 뭔데 하고 물었다. 둘째를 낳은 지 몇 년이 지나서인지 그게 뭔지도 잊어버린 모양이었다. 아니면 당황해서 물었던 걸까.

상황 설명을 해 주니 신랑은 그제야 이해가 됐는지 약을 먹지 않은 나를 신기하게 여겼다. 그리고 엄마들의 감은 역시 다르다며 그럼 낳아야 하는 거 아니냐고 했다. 그게 그렇게 간단한 문제일까. 생겼으니 낳자고? 이미 아이가 둘이나 있고 건강한 몸도 아니었다. 잘 키울 자신이 없었다. 친정엄마에게 얘기하니 펄쩍 뛰며 결사반대를 외치셨다. 쉬는 날 대번에 쫓아와서는 같이 병원에 가자며 손을 잡아끌었다. 낳으면 안 되는 쪽으로 마음이 기울었는데 막상 엄마가 병원에 가자니 덜컥 겁이 났다.

그렇게 한 달 가까이 결정을 내리지 못하고 미적대고만 있었다. 신랑은 아이를 워낙 좋아하다 보니 낳고 싶어 했지만 내 몸이 건강하지 않으니 무조건 낳자고 밀어붙이지도 못하는 상황이었다. 나는 나대로 죄책감과 걱정과 기대 사이에서 마음이 흔들리는 상태였다.

이 아이로 인해 부부의 관계 회복에도 도움이 될 것 같았다, 두 아이들에게도 좋은 일이 되지 않을까 하는 생각이 들어 쉽게 결정을 내리지 못했다. 하지만 그렇다고 낳자니 자신이 없었다. 고민하는 엄마 마음을 뱃속에 있는 아이가, 이제 심장만 뛰는 아이가 느낌으로 알게 된 것일까. 그래서 아기집을 크게 만들었나? 이 아이는 진짜 세상에 나올 운명인 건가? 의사 선생님이 흔들리는 내 마음을 잡아 주기 위해 한 얘기일지도 모른다. 결정을 해 주니 속이 다 시원한 느낌이었다. 게다가 무슨 마음으로 약을 먹지 않았을까. 거기까지 생각이 미치자 낳아서 잘 키워야겠다는 생각이 들었다. 그렇게 마음을 정하니 오히려 아이에게 미안한 마음이 들었다. 훗날 친정엄마도 막내를 보며 그때 내가 그렇게까지 반대했는데 미안하다는 이야기를 하셨다.

아이가 이 시점에 우리에게 온 이유가 있을 거란 생각이 들었다. 건강한 엄마도 아니고 신랑과의 관계가 전처럼 알콩달콩 좋은 상태가 아녔는데도 말이다. 둘째가 예민한 성격으로 엄마를 성장시키려고 태어난 거라는 생각이 들었었는데, 이 아이는 어떤 의미가 있을까. 건강하게 오래오래 살라는 의미일까. 그동안 육아 책들을 읽으며 부모가 아이를 키우는 게 아니라, 아이들이 부모를 사람답게 부모답게 만들기 위해 태어난 거라는 생각이 들었다. 그렇기에 힘들게 찾아온 막내가 더욱 남다르다는 생각이 들었다.

내 영역이 아닌 것들은 빨리 인정해 버리자

"진짜 약 안 먹었어요? 언제부터? 확실해요?"
느낌이 이상해 약을 안 먹었다는 말에 의사 선생님이 재차 묻는다. 촉이니 감이니 하는 말이 있다지만 그것만 믿고 약을 먹지 않았다는 게 대단해 보인다는 건지, 환자가 계획 없이 임신을 한데다 임의로 약을 끊은 것에 비난을 하는 건지 도통 알 수 없는 표정을 지으며 계속 추궁을 했다.

나와 같은 병을 가진 환자라고 임신을 못하는 건 아니다. 단지 위험부담이 있기에 약을 조절한다든지 체력적으로 최상의 상태를 만들어 계획적인 임신을 한다고 들었다. 임신 기간 중에는 약을 먹을 수 없으므로 약을 먹지 않고도 진행을 늦춰 주고 컨디션을 유지할 수 있게 하는 것이다. 출산 후 재발률이 높고 임신 기간 중에라도 위험부담이 있어 신중하게 의사랑 상의 후 임신을 한다. 하지만 나는 계획된 임신도 아니었다. 아니 계획하기엔 기존에 아이들이 둘이나 있었기에 임신과 출산은 더 이상 내 이야기가 아닌 줄로만 알았다. 처음 진단받고 병원 치료를 시작했을 때 더는 임신 계획이 없느냐는 질문에 "애가 둘이나 있어요."라는 말로 대답을 대신했던 사람이었다.

그래서였을까. 의사가 걱정이 돼 거듭 물어본다기보단 "이 아이 정말 낳을 생각이냐?" 이런 의미로 들렸다. 기존에 진료를 받을 때도 언제나 표정이 없는 분이었다. 그날도 무표정한 얼굴이긴 했으나 눈빛이 달라 보였기 때문이다. 꼭 나를 야단치는 것만 같았다.

"애가 둘이나 있는데 왜 또 낳으려고 하냐. 재발 확률이 높아지는데 괜찮은 거냐, 가족계획을 했을 텐데 조심한다거나 무언가 조치를 취했어야 했던 게 아니냐."

차마 이렇게 말할 수 없어 약을 핑계로 거듭 묻는 느낌이 들었다. 물론 내 추측이고 내 의심이다. 의사 선생님은 분명 그런 마음이 아니셨을 거다. 하지만 '도둑이 제 발 저린다'고 환자의 몸으로 임신을 해 약을 끊었다고 말하는 내가 의사 선생님 입장에서는 무책임하고 생각이 없는 사람으로 보이지 않았을까.

선생님은 내 대답을 들으시고는 산부인과로 협진을 내 주셨다. 그리고 건강하게 출산해서 그때 다시 보자고 하셨다. 약을 안 먹긴 했지만 아이를 낳기로 결정했을 때부터 혹시 나로 인해 아이가 건강하지 않다면 어떡하지 하는 마음에 걱정이 앞섰다. 내 병은 유전질환은 아니어서 임신 자체에는 무리가 없다. 다만 꾸준하게 약을 복용하고 있던 터라 걱정이 될 수밖에 없었다. 산부인과 선생님도 나를 보며 신기해 하셨지만, 날짜를 따져보시더니 아이에게 안 좋은 영향이 갈 정도의 기간은 아니라며 안심을 시켜 주셨다.

하지만 안심했던 마음도 잠시, 26주쯤 기형아 검사에서 결과가 좋지 않아 두 번의 양수검사와 태아의 피검사를 진행하게 됐

다. 의학적으로는 노산인지라 기본 피검사가 아닌 양수검사를
바로 진행했는데 수치가 좋지 않아 재검사를 하게 됐다. 그리고
양수검사는 100% 정확도는 아니어서 100%에 가까운 태아의
피검사까지 하게 됐는데 결과는 다행히도 정상이었다.

하지만 처음 검사를 하고 결과가 나오기까지, 또다시 검사 후
최종 결과가 나오는 한 달이 넘는 시간 동안 '내가 임신 초기에
안 좋은 생각을 해서 애한테 나쁜 영향이 갔나? 건강한 부모를
만났으면 이러지 않았을 텐데.' 하며 아이에게 미안한 마음에
죄책감으로 힘들었다. 머리는 복잡하고 마음은 힘들었지만 몸
을 더 움직이며 보냈었다. 그런 시간을 보내고 정상이라는 최종
결과를 듣게 된 날, 의사 선생님은 마음고생이 심했을 텐데 다
행이라고 위로의 말을 건네셨고, 그 순간 울컥해서는 주책맞게
눈물이 나왔다.

부모의 마음은 그런 것 같다. 아이가 아프거나 어딘가 잘못된
것 같으면 가장 먼저 부모 탓을 한다. 내가 잘해 주지 못해서,
내가 건강하지 못해서, 내가 잘못 키워서….

하지만 아이가 태어나고 자라는 데 있어 모든 게 다 부모 탓
은 아닐 것이다. 물론 진짜 부모 탓인 것들도 있겠지만 부모가
어떻게 해 줄 수 없는 영역이 있는데 그것들조차 부모 탓으로

돌려버리면 안 되는 게 아닐까. 내가 건강한 엄마가 아니어서 아이들에게 들었던 미안한 마음이 그렇다. 엄마도 그 옛날 내가 학교에 못 갈 정도로 아파 자주 병원 신세를 지게 되자 아프게 태어나게 해서 미안하다 하셨다. 얼굴에 주근깨가 생기고 덧니가 생겨 의기소침해졌을 때도 엄마가 신경을 못 써 줘서 그런 거 같다면 안쓰러워 하셨다. 진단을 받게 됐을 때조차 힘든 가정형편 때문에 스트레스받아 쌓였던 게 터진 게 아니냐며, 잘 키우지 못해 미안하다고 대성통곡을 하셨던 기억이 난다.

하지만 사람의 힘으로는 어떻게 하지 못하는 영역들이다. 일부러 만든 것도, 만들 수도 없는 상황들이다. 그렇기에 상황 탓을 하고 원망만 한다고 달라질 일은 없다. 오히려 빨리 인정하고 받아들여서 다음을 생각해야 살아갈 수 있는 것 아닐까.

평범한 하루를
살고 싶다

부모라는 것

어떻게 보냈는지도 모르게 정신없는 시간이 흘렀다. 아이는
뱃속에 있을 때가 제일 편하다는 말을 두 아이를 낳으며 온몸
으로 깨달았기에, 당분간 신경을 써 주지 못할 것 같아 두 아이
와 가능한 많은 시간을 보냈다. 그래서였는지 배는 불러와 몸은
힘들었지만 마음은 편안한 시기였다. 한동안 부부 사이에 흐르
던 냉기로 인해 몸과 마음이 힘들었던 상태였는데, 아이로 인해
다시 가족다워진 느낌이라고 해야 할까. 그렇게 열 달을 보내고
막내를 만나게 됐다. 여동생을 바랐던 둘째에게 남동생이라고
말해 주지 못했었다. 어느 날 사실을 얘기해 줬더니 이미 다 알

고 있었다는 것처럼 덤덤하게 받아들이는 모습에 순간 찡하기도 했고 고맙기도 했다. 남자든 여자든 갓 태어난 아이는 천사의 모습이다. 병원에서 나와 조리원에 들어가 있을 때는 시도 때도 없이 화상 전화를 걸어 동생이 보고 싶다고 난리를 피워 댔다.

신랑도 막내가 생기고 나서는 언제 그랬냐는 듯 예전의 다정했던 모습을 보여 주었다. 물론 아이들한테 못했다는 건 아니다. 다만 스스로의 마음이 흔들리니 알게 모르게 아이들에게도 자상했던 예전 모습과 달랐던 것이다. 아마 아이들도 말을 하지 않아서 그렇지 엄마, 아빠 관계가 좋지 않다는 것, 아빠가 예전 같지 않다는 걸 알고 있었을 것이다. 아이가 태어나자 아이를 예뻐했던 신랑은 더 물고 빨고 난리도 아니었다.

사실 예전부터 신랑은 가끔 셋째 타령을 하곤 했었다. 그런 신랑에게 말이 씨가 된다며 그만 이야기하고 볼멘소리를 했다. 두 아이 다 제왕절개로 출산을 한데다, 건강한 몸 상태도 아니었기 때문이다. 그러면서도 한편으론 내심 미안한 마음도 있었다. 내가 만약 아프지 않았더라면, 건강했더라면 셋째를 고민했을 텐데 나로 인해 그 고민조차 못하게 된 그런 상황이 마음에 걸렸다. 물론 두 명의 아이가 있으니 어느 정도의 당당함은 있었으나, 신랑은 지나가는 말이 아닐 정도로 셋째를 원했기 때문이다. 그렇게 바라던 세 아이의 아빠가 된 신랑은 행복한 일상을 되찾아 갔다. 그 모습을 보니 그나마 신랑한테 들었던 미안함이 조금은 아주 조금은 비워지는 느낌이었다.

그렇게 막내가 태어난 후 우리 가족은 더 단단해졌고 행복해졌다. 수술 날짜가 정해지자 신경과 선생님은 아이를 출산하면 바로 약을 먹으라고 했다. 하지만 초유가 얼마나 좋은지 알고 있기에 병원에 있는 기간만이라도 수유를 하고 싶다는 의사 표현을 했고, 막상 수유를 하니 모유량이 적은 산모가 아닌지라 더 먹이고 싶은 욕심이 났다. 둘째 때도 아파서 약을 먹어야 했기에 수유를 중단할 수밖에 없었던 기억이 떠올랐다. 의사 선생님의 걱정과 근심 어린 모습을 뒤로하고 100일까지만 수유를 하겠다는 의사를 강력하게 피력하며 퇴원을 하게 됐다.

하지만 그 100일의 시간을 견뎌내기엔 출산 과정도 힘든 일이었고, 신생아를 돌본다는 건 엄청난 에너지를 필요로 하는 일이었기에 재발을 피해가진 못했다. 결국 막내가 태어난 지 100일도 채 되지 않아 재발을 하기에 이르렀고, 약을 안 먹고 1년 가까이 버틴 데다 출산하고 얼마 안 돼서 그랬는지 치료를 받고는 있지만 병원에 있는 내내 많이 힘들었다. 고용량의 스테로이드 치료를 하다 보니 입맛도 없어 밥도 먹는 둥 마는 둥이었고, 힘이 빠졌던 것도 있지만 기운도 없었기에 내 힘으로 움직이는 것도 힘겨웠다. 식사 시간에 수저를 드는 것도 버거운 일이었다. 병원에 있는 시간 동안 100일도 안 된 아이를 어떻게 할 수 없으니, 언니가 아이들을 시부모님께 맡기고 신생아를 봐 주러 집에 와 있는 상황이 됐다. 열흘 가까이 치료를 받고 퇴원해 집에 갔는데 안아 줄 힘도 없었다. 그래도 너무 보고 싶었던 막내였기에 안아보고 싶어 손을 뻗었는데 낯선 사람인 양 나를 보고 울음을 터트렸다. 그리고는 언니 품 안에서 나오려 하지 않았다. 그 모습을 보고 속상한 마음은 둘째치고 아이에게 너무 미안한 마음이 들었다. 왜 나는 아픈 엄마일까. 건강하지 못한 엄마일까.

무능한 엄마

퇴원한 내 상태를 보자 언니는 도저히 발길이 떨어지지 않는다며 며칠 더 있어 주기로 했다. 어린아이가 있기에 빨리 집에 가야 하는 상황이었지만 이래서 핏줄이구나 싶어 고마웠다. 그리고 100일이 다가와 떡도 맞추고 소품들도 사서 아이들과 함께 100일 상을 집에서 조촐하게나마 차려 주려 했다. 그런데

100일 전날 아침부터 막내가 고열이 나기 시작했다.

동네 소아과를 가니 100일도 안 된 아이가 고열이 나는 건 단순한 감기가 아닐 수도 있다며 소견서를 써 주었다. 신생아들은 감기 정도는 견딜 만한 기본적인 면역체계를 가지고 태어나는데 보통 6개월 전까지는 그 면역상태가 유지된다고 했다. 아무리 빨라도 100일은 지나야 한다는데 만약의 사태가 있을 수도 있으니 피검사라도 해서 염증 수치를 확인해보라고 했다. 확실하게 짚고 넘어가야 약을 쓰는 데도 도움이 되고 마음이 놓일 것만 같았다. 생후 99일 되는 신생아를 데리고 언니와 신랑이랑 대학병원, 그것도 내가 다니던 병원 응급실로 향했다. 응급실 규정상 보호자 1명밖에 있지 못하는데, 엄마인 나는 아이를 돌봐 줄 몸 상태가 아니었기에 사정 얘기를 하고 언니랑 함께 응급실 안으로 들어가 진찰을 받았다.

응급실에서도 동네 소아과에서 들었던 이야기를 해 주었다. 그리고 피검사 말고 더 정확도가 높은 뇌척수액 검사를 하자고 했다. 보통은 아이들이 고열이 나도 약 처방을 해 준 뒤 열이 내리기를 기다리는데 핵심은 100일이 안 된 신생아라는 것이었다. 그래서 정확한 검사가 필요하다는 이야기를 하셨다.

그렇게 병원 응급실에서 밤을 보내고 아침에야 병실로 올라

갈 수 있었다. 검사 결과도 기다려야 했고 열도 내려야 했기에 입원이 결정됐다. 병실로 올라갔어도 언니는 여전히 갈 수가 없었고 함께 있으면서 아이를 돌봐 주었다.

다행히 검사 결과, 심각한 것은 발견되지 않았고 단순 열감기로 진단이 내려져 열이 완전히 떨어진 다음 날 퇴원을 할 수 있었다.

병원에 있었던 2박 3일 동안 나는 막내의 엄마가 아니었다. 아이가 울면 언니가 안아 줬고, 배가 고프면 언니가 분유를 타서 아이에게 먹였다. 그런 모습들을 보며 내 심정이 어땠을지. 물론 속상했겠다, 마음이 아팠겠다 정도의 추측은 할 수 있겠지만 그런 단어들로는 표현하기 어려운 복잡한 감정이 들었다. 아이가 아픈데 나는 안아 줄 수도, 달래 줄 수도 없었다. 분유를 먹여 줄 수도, 기저귀를 갈아 줄 수도 없는 무능력한 엄마였다. 내 몸 하나 건사하지 못해 엄마가 엄마인지도 모르는 아이를 보며 건강하게 살아야겠다는 다짐을 되뇌고 또 되뇌었다.

엄마와 딸,
그리고 엄마

엄마처럼 살기 싫다. 그런데 말이야

좋은 사람 만나 행복해지려고 하는 결혼인데, 엄마는 전혀 행복해 보이지 않았다. 머리가 좀 커진 뒤에는 당하기만 하며 사는 것 같은 엄마의 모습에 답답해 보이기까지 했다. '돈도 엄마가 벌었는데, 엄마는 좀 더 당당해질 수 없었을까?' 하는 생각을 하며 '나는 저렇게 살지 않을 테다' 다짐하곤 했다. 엄마가 돌아올 시간에 오지 않으면 밖에 나가 목이 빠져라 기다리곤 했다. 말썽부리지 않고 얌전히 지내려 애를 썼던 것도 사실은 그런 두려움이 마음 한구석에 있었기 때문이었다. 공부를 잘해서 기쁨을 드릴 수 있었으면 좋았겠지만 그게 그나마 내가 엄마를 도와줄 수 있는 최선의 방법이라 생각했다. 그리고 공부보다는 돈을 벌고 싶었다. 물론 이건 핑계에 불과하다는 사실을 한참 지나고 나서야 깨달았다.

엄마는 어려서부터 순한 편이었고, 다른 형제들에 비해 더 조용했고 조곤조곤하게 말하는, 말수도 별로 없는 사람이었다고 한다. 하지만 아버지와 결혼하고 나서 예전의 그런 성격은 온데간데없이 사라지고 소위 '지랄맞은 성격'이 되어 버렸다고 종종 푸념을 늘어놓으셨다.

엄마라고 아버지에게 무조건 당하고만 살았던 건 아니었을 것이다. 아버지와 싸울 때 가끔은 엄마가 소리를 지를 때도 있다고 하셨다. 그럼에도 내가 늘 아버지가 일방적으로 엄마를 괴롭히는 것으로 기억하게 된 것은, 어린 마음에 엄마가 도망이라도 가면 어쩌나 하는 불안함과 두려움 탓이었을 것이다.

언니랑 나는 가끔 엄마에게 "따로 사는 데다 애틋하지도 않고 무능력한 아버지와 차라리 이혼을 하셔라. 이제 우리도 어느 정도 컸으니 우리는 괜찮다. 이해한다. 차라리 이혼해서 엄마는 엄마 인생을 살았으면 좋겠다"고 말하곤 했다. 특히 채무자와 형사들을 피해 도망 다니는 동안 서류상으로 이혼이 돼 있으면 아버지의 빚에 대한 책임이 없어진다고 하니 그런 방법을 써보자 이야기 한 적도 있다. 엄마도 몇 번 아버지에게 그렇게 이야기를 해봤지만 아버지는 결사반대를 외쳤다. 실제로 이혼서류를 작성하고 도장까지 찍어 아버지에게 내미니, 아버지는 화를 내며 그 자리에서 찢어버리셨다고 했다. 아무리 서류상 이혼이라지만 그게 진짜일 수도 있겠다는 생각을 하셨던 것 같다. 우리가 어렸을 때 엄마가 도망가면 어쩌나 불안했던 것처럼, 아버지는 서류상 이혼이라고 해도 자신만 버려두고 우리가 어디론가 사라질 수도 있다는 생각이 들었을 것이다.

고맙게도 나와 우리 친정에 대해 이해해 주는 다정한 신랑을 만나 결혼을 했다. 그때는 채무 문제도 다 마무리된 상태였다. 이사해서 아버지랑 함께 살고 있으니 겉으로는 아무 문제될 게 없어 보였다. 단지 마음의 상처가 온전히 치유되지 못한 상태였고, 오랫동안 따로 지냈기에 데면데면했을 뿐이다.

결혼을 하고 아이를 낳아 보니 엄마의 마음이 어떤 건지 조금은 알 수 있었다. 훗날 들은 얘기지만 엄마도 몇 번이나 짐가방을 쌌다고 하셨다. 그리고 들었다 놨다 마음이 갈팡질팡 하는데 우리를 보면 차마 발걸음이 떨어지지 않으셨다고 했다. 아버지 비위를 맞추며 참고 살았던 것은 혼수조차 제대로 해 주기 어려운 처지에 아버지 없이 자란 아이라는 흠만은 더해 주고 싶지 않았기 때문이라고 하셨다. 그때는 그게 무슨 바보 같은 생각이냐며 타박을 주었지만 엄마가 되고 보니 그게 얼마나 대단한 일이었는지 깨달을 수 있었다.

'나라면 어땠을까? 내가 엄마의 입장이었다면?'

사실은 엄마처럼 살지 않겠다고 하는 말은 엄마처럼 살 수가 없기 때문이라는 고백이다. 엄마처럼 살기 싫은 게 아니고 엄마처럼 온전히 자신을 희생하며 살 자신이 없었던 거다.

하지만 엄마는 아무것도 해 준 것 없이 키워 미안하다고 하신다. 이렇게 잘 커서 결혼도 하고 아이들 키우며 살아가고 있는데, 이보다 더 크게 해 줄 수 있는 것이 있을까.

엄마의 존재

'엄마.'

아이를 낳아본 여자라면 이 단어 한마디만 들었을 뿐임에도 눈물이 핑 돌 때가 있다. 나 역시 엄마라는 존재는 '대단하다' 이 한마디로 표현할 수 있는 존재가 아니라는 사실을 알게 됐다. 엄마는 다 위대한 존재다. 하지만 우리 엄마는 위대하다는 말로는 모든 걸 표현할 수 없는 존재, 나에겐 그런 사람이다.

어린 시절 아버지는 성실한 가장도, 다정한 아버지도 아니었다. 그저 무섭기만 한 존재였다. 그러니 사랑과는 당연히 거리가 멀었다. 그렇다면 엄마는 어땠을까. 엄마의 사랑도 크게 느끼며 자랐던 것 같지는 않다. 엄마는 가계를 꾸려가느라 아침부터 밤늦도록 일을 하러 다니셔서 우리를 살갑게 돌볼 새가 없으셨다. 눈 한번 마주치고 이야기를 나누는 건 그야말로 사치였다. 어떤 문제적인 이야기를 할 때나 겨우 얼굴을 보이셨다. 그래서 사랑을 느끼지 못했다고 생각했던 것 같다.

어린 시절 이유도 없이 아팠던 것은, 부모의 사랑과 관심을 받고 싶어 했던 무의식에서의 나의 바람이 행동으로 이어진 게 아니었을까. 몸이 아파 대학병원에 가서 오만가지 검사를 다 해봤지만 원인은 밝혀지지 않았다. 초등학교 시절에는 시도 때도 없이 병원을 들락거렸고, 중학교 시절이 되어서야 조금씩 병원에 가는 횟수가 줄기 시작했다. 그렇게 나이가 조금씩 먹어갈수록 자연스럽게 통증은 사라지고 어느덧 건강한 아이가 되어 있었다. 만약 애정 결핍이 알 수 없는 병으로 발현된 것이었다면, 내가 필요로 하는 사랑이나 욕구가 채워졌기에 그랬나 싶지만 그건 또 아니었다. 아마 머리가 커지면서 우리에게 마음껏 사랑을 퍼부어 줄 수 없는 엄마의 상황을 이해하게 되었기 때문이었을 것이다.

어린아이들은 흔히 엄마 아빠의 관심을 끌기 위해 조금 아픈데 더 아프다고 말할 때가 있다. 좋은 행동보단 안 좋은 행동을 해서 부모의 시선을 끄는 경우도 있다. 나 역시 그랬을지 모른다. 그런 마음이 실제로 통증을 유발했을 가능성이 있다. 내가 부모가 되어 보니 알게 됐다. 뭐든 잘하고 문제가 없는 아이에겐 그만큼 시선이 덜 간다. 사랑이 적어서 그런 게 아니라 인간이란 그런 존재가 그렇다. 그런데 아이들은 그런 것들을 귀신같이 안다. 그래서 엄마 아빠의 관심을 끌고 싶은 마음에 꾀병도 부리고 투정도 부리는 것이다.

그렇다면 나는 사랑받지 못한 아이로 자랐던 것일까? 아니다. 넘치도록 사랑을 받고 자랐다. 내가 그걸 느끼지 못했을 뿐이다. 엄마의 사랑이 없었다면 이렇게 잘 자라 아이 엄마가 되어 행복한 삶을 살고 있지 못했을 것이다.

어느 부모든 자식이 먼저다. 맛있는 음식, 좋은 옷, 그 모든 것들이 자식 위주로 돌아간다. 엄마는 아버지를 대신해 우리를 키우기 위해 휴일도 없이 밤낮으로 몸이 부서지게 일을 한 것뿐이다. 굶기지 않기 위해, 조금이라도 좋은 집에서 키우고 싶어서 자신이 할 수 있는 최대의 능력을 발휘해 살아오신 것이다. 엄마는 우리를 굶기게 키우지 않았다. 지하실 방이었을지언정 쉴 수 있는 집이 있었고, 고급 옷은 아니어도 깔끔하게 입을 옷이 있었다. 이런 기본적인 생활을 할 수 있었던 것은 엄마의 사랑 덕분이다. 엄마는 자식에 대한 사랑을 감정으로 채워 주신 게 아니라, 인간이 살아가는 데 필요한 최소한의 요구를 충분히 채워 주셨다. 아버지 역할까지 해내시느라 엄마는 감정까지는 채워 주지 못하신 거다. 그러기엔 너무나 고단하고 힘든 생활이었다. 엄마는 그게 최선이었다.

집이 경매로 넘어가고 두 번째 지하실 방에 살 때였다. 방은 두 개였지만 화장실은 외부에 있는 데다 공용이었다. 지하실 거주자들이 공동으로 쓰니 더러웠을 법도 하지만 대부분 깔끔한 상태였다. 가끔 못 볼 꼴을 보긴 했지만 공용이니 어쩔 수 없다 생각했다. 단지 외부에 있는 화장실에 들락거리는 모습을 들킬까봐 불안했고 창피한 마음만 들었다. 그렇게 깨끗한 상태를 유지할 수 있었던 게 엄마 때문이었다는 것을 나중에 알았다. 지나간 추억을 이야기하다가 엄마는 이렇게 말했다.

"깔끔하긴, 얼마나 더러웠는지 아니? 엄마가 아침저녁으로 청소하느라 힘들어 죽는 줄 알았구만. 다 큰 딸들이 둘이나 있는데 어떻게 더러운 화장실 쓰게 해. 그런 집에 살게 하는 것도 미안한데."

나는 몰랐었다. 그저 공동으로 사용하니 공동으로 청소했겠지 정도로만 생각했다. 엄마의 그런 마음들을 왜 그때는 알지 못했던 걸까. 이제는 컸으니 안다고 생각했다. 엄마가 그렇게 몸이 부서져라 일을 해서 우리를 먹여 살렸다는 걸. 그래서 고맙고, 감사하다.

하지만 실제로는 나도 자식을 낳고 키우느라 정신이 없어 잘해드리지 못할 때가 많다. 나 먹고 살기 바쁘다며 연락조차 못할 때가 많다. 그런데 엄마는 말한다. 해 준 것도 없는데 잘 커줘서 고맙고 미안하다고. 그런 엄마에게 둘째까지 낳고 나서야 한 이야기가 있다.

"엄마, 엄마가 왜 해 준 게 없어. 우리를 떼어놓고 도망 안 간 게 어디야. 이렇게 잘 커서 직장도 다니고 결혼해서 아이도 낳았잖아. 그거면 됐지."

듣고 있던 엄마는 멋쩍은지 피식 웃으셨다. 왜 그제야 말했을까. 좀 더 일찍 마음을 표현할 걸 그랬다.

용서는
나를 위해

책을 읽고 강의를 들으러 다니다 보니 존경하고 좋아하는 선생님들이 생겼다. 서천석 선생님, 김미경 선생님이 그랬다. 두 분 외에도 푸름이를 키워낸 최희수 소장님이나 이임숙 선생님도 계신다.

아이의 발달 상황에 맞춰 이야기한다거나, '문제 행동과 말을 할 땐 이렇게 하세요.' 라는 솔루션을 제공하는 책들이 있다. '아이를 잘 키우려면 부모가 먼저 자존감을 키우고 진짜 어른이 돼야 한다'는 이야기들을 하는 책들도 있다. 개인적으로는 후자의 책들을 더 좋아한다. 그런 책들을 읽으면서 결국 부모가 행복해야 아이도 행복하게 잘 키울 수 있다는 걸 알게 됐다. 조금이나마 부모님을 이해할 수 있는 부분들도 생겼다.

상처로 둘러싸여 있는 내면아이를 만나게 되니 가장 먼저 생각났던 사람은 아버지다.

어느 날 꿈을 꾸었다. 꿈속에서도 잠을 자고 있었는데 누군가가 내 이름을 부르면서 "미안하다, 미안하다. 용서해다오." 끊임없이 이야기하며 흐느끼고 있었다. 꿈속의 나는 잠자리에서 일어나 그의 두 손을 꼭 잡아드리며 괜찮다, 괜찮다며 이야기를 해 주었다. 그러다 태어나게 해 주셔서 감사하다는 말이 불쑥 튀어나왔다. "감사합니다, 감사합니다."

보통 꿈은 잘 기억하지 못한다는데, 평소 꿈도 잘 꾸지 않는 사람이 그 꿈은 지금도 기억날 만큼 생생했다. 잠에서 깼을 땐 베개가 눈물인지 땀인지 모르게 젖어 있었다.

그 꿈을 꾸고 한동안 아버지에 대해 생각하게 됐다. 왜 그런 인생을 살아오셨을까. 왜 그렇게 못나게 사셨던 걸까. 그 방법 밖엔 없었을까. 끊임없는 질문들이 생겨났다.

어려서 아버지라는 존재는 무서운 사람이었다. 중학생 고등학생이 되었을 땐 우리를 힘들게 하는 사람, 아버지라고 부르기도 싫은 사람이었다. 그리고 어른이 되어 보니 모든 걸 다 이해할 순 없지만 그래도 어느 면에선 아버지도 피해자고 불쌍한 사람이라는 생각이 들었다. 무조건 미워하거나 싫은 사람만도 아니었다. 그러다 육아 책들을 읽으면서 아버지가 조금은 이해가 되기 시작했다.

하지만 현실에서 엄마를 힘들게 한다거나 소위 말해 집안에서 분란을 일으키는 모습들을 보면 아직도 저러고만 사는 게 더 이해가 안 될 때가 많았다. 성격이 불같은 사람이라도 나이를 먹으면 이빨 빠진 호랑이가 된다는데 우리 아버지는 반대의 모습을 보였다. 아마도 피해 의식이 강한 분이라 그러지 않았을까. 자격지심은 말해 무엇하나 싶다.

그런 부정적이고 비뚤어진 마음들이 평소에는 잘 느껴지지 않다가 술만 들어가면, 그 마음들이 표출되곤 했다. 문제는 어쩌다가 아니라 술을 한번 입에 대기 시작하면 일주일이고 열흘이고 매일같이 술을 드시고 가족들에게 풀어냈다는 것이다. 한 인간으로서 아버지를 이해해 보자는 마음이 들다가도 다시 미워 죽겠는 사람이 되어 버렸다.

어른이 되어 보니 과거에 잘하지 못했더라도 지금은 가족에게 잘하는 아버지들이 많다는 걸 알게 됐다. 그리고 그 시기엔 금융위기와 같은 국가적 위기로 쫄딱 망한 가정들이 의외로 많다는 것도 알게 됐다. 보기엔 다 편안하고 큰 무리 없이 살았을 것 같지만 이면엔 힘든 부분을 감추고 살아온 사람들이 대부분이었다. 그런 고난을 가족들이 더 똘똘 뭉쳐 극복하면서 끈끈한 가족애도 생기고 단단해진 가족들이 많았다.

그런데 우리 가족은 여전히 과거에 머물러 있었다. 아버지는 왜 스스로 극복하지 못했을까. 아마도 억울하고 분한 마음이 더 크게 작동하신 듯 했다. 아버지의 일생을 거슬러 생각해보면 평범한 집안 환경은 아니었다. 하지만 그래 봐야 변하는 건 없고 상처만 더 깊어질 뿐이다. 내 마음은 아버지에 대한 연민과 미움 사이를 수시로 드나들었다.

부모가 되어 보니 낳기만 했다고 다 부모가 되는 건 아니었다. 하지만 아버지는 내세울 게 없으셨는지 '내가 없었으면 너희들이 어떻게 세상에 태어날 수가 있었겠냐'고 큰소리를 치며 부모 대접을 받으려 했다. 어떨 때는 그렇게라도 하지 않으면 자식들이 무시한다거나 인정하지 않을 거란 마음에 그렇게 행동하는 건 아닐까 하는 생각이 들었다. '그래, 아버지가 있어서 내가 태어날 수 있었던 거지. 근데 그럼 잘 키워야 했던 거 아닌가. 뭐가 저렇게 당당하지?' 무엇보다 같이 사는 가족들을 힘들게 하셨다. 나와 언니는 결혼을 해서 그나마 어쩌다 한 번 겪는 일이거나 엄마를 통해 전해 들을 뿐이다. 하지만 같이 사는 엄마랑 남동생은 아버지의 그런 모습들을 매일같이 견뎌야 했다.

꿈을 꾸고 나서 아버지를 이해해보려 했다. 같이 사는 엄마를 생각해서라도 아버지한테 잘해야 하나 싶은 생각도 들었다. 하지만 반대로 엄마가 아버지로 인해 힘들어 하시니 엄마만 고생하고 사시는 것 같아 아버지를 보는 게 편치 않았다.

유재석과 조세호가 진행하는 '유퀴즈'라는 프로그램에서 '유품정리사'라는 직업을 갖고 계신 분이 나온 장면을 보았다. 엄마와 딸이 사이가 좋지 않아 의절하며 살았다고 한다. 엄마가 돌아가시고 집에 와서 유품을 정리하다 자기를 사랑했던 엄마의 진심을 알게 되자 펑펑 울었던 따님이 계셨다고 한다. 마음이 많이 아프셨다고 했다.

유품정리를 시작할 때 축문을 하는데 그때 "하고 싶은 말 있으면 하세요."라고 말씀드리면 "많이 후회가 된다." "그때 미안했다."라는 이야기를 하는 경우가 많다고 한다. 그때가 되어서야 말씀하시는 걸 보면서 '미리 표현했더라면 좋았을 텐데'라는 생각을 하게 된다는 인터뷰였다.

그때 가서 후회하고 마음 아파하느니 지금이라도 털어버리고 싶다. 아버지를 마음속에서 용서해드리고 놓아 드리고 싶다.

그래야 내 마음이 편안해지지 않을까. 이제는 용기를 내어보자. 나를 위해서 말이다.

'아이들은 행복한 부모 밑에서 행복하게 큰다. 아이가 행복하게 자라길 바란다면 우선 행복한 가정을 꾸려야 한다. 그 안에서 아이는 편안하여 뭐든 할 수 있다. 아이를 진정 사랑한다면 행복한 아빠를 주어야 한다. 그러니 아이를 위해서라도 성숙한 부부관계를 유지해야 한다. 참고 인내하며 가정을 아름답게 가꿔야 한다. 자녀를 기르며 자녀로 인해 울 수는 있어도 자녀가 부모 때문에 눈물짓게 해서는 안 된다. 정 어렵다면 우선 내가 행복해지자. 그래서 평화로운 가운데 아이를 기르자. 내가 행복해야 아이가 행복하다.'

_『엄마학교』 서형숙

질투가
난다는 건

누구나 주변에 부럽고 닮고 싶은 사람, 때론 동경의 대상이
되기도 하고, 질투의 대상이 되기도 하는 사람들이 있다.

내게도 그런 사람들이 있다. 어린 시절엔 친구, 회사에선 같
이 일하는 언니, 그리고 아이를 키우면서 만나게 되는, 흔한 말
로 옆집 엄마가 그런 존재들이었다. 내 기준이 별로 없어서인지
남들이 사용하면 그게 내 눈에도 이뻐 보이고, 나도 갖고 싶고,
하고 싶은 것들이 되는 경우가 많았다.

어릴 적 친구가 그랬다. 워낙에 단짝처럼 지내다 보니 사람들
은 서로 닮아간다고 생각했을지도 모르겠지만, 사실은 내가 그
친구를 따라 한 것이다. 체격도 다르고 스타일도 다른데 그 친

구가 입으면 괜찮아 보였고 그 친구가 하면 나도 따라 하고 싶은 마음이 들었다. "어, 이거 내 거랑 비슷한데 어디서 샀어." 이렇게 물어볼 때도 있었는데 자존심에 열심히 둘러대기 바빴다. "왜 날 따라 해? 기분 나쁘게." 이런 마음으로 추궁하는 것 같아 따라서 샀다고 인정하기 싫었다. 그 친구가 하면 뭐든 좋아 보였고, 예뻐 보였다. 그게 나와 어울리는지 아닌지는 고려 대상이 아니었다. 텔레비전에 나오는 연예인이 입고 나온 옷, 액세서리를 카피하는 것처럼 그 친구가 하니까 무작정 따라 하고 샀던 게 많았다. 그런데 내 기준에서 하고 싶다거나 어울린다 생각해 샀던 게 아니다 보니, 금방 싫증 나서 입지 않고 처박아놓은 옷들이 허다했다.

롤모델이라는 의미에서 어떤 사람을 닮고 싶어 하는 마음은 긍정적이다. 하지만 내 마음의 바탕은 질투라는 삐딱한 감정이 깔려 있었다.

회사에 다닐 때 만난 언니는 그렇게 멋져 보이고 대단해 보일 수가 없었다. 그때는 질투라는 감정보다는 동경의 느낌이 더 강했다. 그래서 그 언니가 하는 것들을 똑같이 하면 왠지 내가 그렇게 될 것만 같아 따라 할 때가 있었는데, 문제는 그 언니는 경제적으로 여유가 있는 환경이었다는 것이다. 그러다 어느 순간

이렇게 가다간 내 수중에 돈 한 푼도 없겠다는 생각이 들어 그 언니를 따라하는 걸 멈추기 시작했다. 그런데 그 멈춤이 좋은 의미로 멈췄던 것이 아니라 '돈이 없다'는 부정에 초점이 맞춰 관둔 일이라 시간이 갈수록 나를 더 작아지게 만들었다.

엄마라면 누구나 공감할 테지만 나 사는 것보다 옆집 사는 모습에 더 관심이 간다. 그러면서 비교가 되는 일들이 많은데 그것이 좋은 모양으로 비교가 되면 좋은데 상대적 박탈감을 느끼게 해야 한다고 할까. 더군다나 있는 그대로 생각하고 보는 게 아니라 색안경이라는 필터를 끼고 보니 마음이 편할 리가 없다. 아니 결혼한 시기도 비슷하고 아이들 나이도 같은데 왜 저 사람은 경제적으로 더 여유로운 것 같고, 나는 왜 이렇게 궁상맞게 사는 것처럼 보이지? 매일 같은 옷을 입고 나와 돌아다녀도 저 사람은 당당해 보이는데, 왜 나는 같은 옷을 입고 나가면 창피스러운 거지? 돌이켜 보면 나의 자존감이 높지 않았기에 그런 생각이 들었던 거다. 그러니 항상 남을 의식하며 살았고 모든 초점이 남한테 맞춰졌던 것 같다.

질투가 났었다. 나는 더 노력하며 산다고 생각하는데 항상 제자리인 것만 같았고, 저 사람은 별다른 노력 없이도 잘 사는 것 같고 행복해 보였다. 누군가 그랬다. 질투가 난다는 건 그 사람처럼 되고 싶은 마음인 거라고. 질투의 감정을 잘 사용하면 나를 변화되게 하거나 성장시킬 수 있는 좋은 동기가 될 수도 있고 촉매제가 될 수 있는데, 사람들은 질투라는 감정을 소모하며 끝내버린다고 했다. 오히려 상대와 비교하며 자신을 괴롭히니 질투가 부정적인 감정에 그칠 수밖에 없는 것이다. 질투가 일어나는 감정을 인정해 주면 마음이 편하다. '너 저 사람처럼 되고 싶은 거구나.' 하면 끝이라는 것이다.

감정을 인정해 주는 순간 그 마음은 허상이 된다. 언제 있었냐는 듯이 없어진다고 해야 할까. 아이들이 속상할 때 '속상하구나.' 하고 그 마음을 인정해 주고 알아 주면 아이는 자기가 존중받는 느낌이 들어 금세 털어내 버린다.

하지만 어른들은 특히나, 엄마들은 그 감정에 머물 때가 많다. 화가 나면 화가 나는 감정을 어쩌지 못하고 폭발해 버린다거나 안으로 끌고 들어가 자기 자신을 힘들게 한다. 나 스스로 '화가 났구나.' 인정해 주면 조금씩 누그러지는데 말이다. 그런데 이게 머리로는 알고 있지만 실제로 실천하기는 어려운 일이다.

질투라는 감정도 마찬가지다. 질투가 나서 비교가 된다거나 그 사람에 대해 어딘가 모르게 지적질하고 싶고, 맘에 들지 않는다고 생각될 때 그냥 저 사람이 부러운 거구나. 저 사람처럼 살고 싶구나, 하고 그 질투라는 감정 자체를 인정해 주면 오히려 배울 점들이 보인다고 했다.

나는 지금도 사람들과 끊임없는 비교를 하고 질투가 나서 얄밉기까지 한 사람들이 주변에 넘쳐난다. 하지만 전과 다른 점은 그 사람이 되고 싶은 부러운 내 마음을 알아채 주고 인정해 주려고 노력한다는 것이다. 물론 잘되지 않을 때도 많다.

하지만 중요한 건 그런 노력을 하니 질투가 꼭 부정적으로만 인식되지 않는다는 거다. 그것들을 발판 삼아 내가 저 사람처럼 되려면 어떤 노력을 해야 하는 걸까? 어떻게 하면 저 사람처럼 될 수 있는 거지? 하며 한 단계 나아가 생각하게 된다는 것이다.

'질투'라는 감정은 노력해도 안 된다는 핑계를 만들거나 노력이 아닌 요행만을 바라게 만들며 '너의 불행이 나의 행복' 상대의 장점을 변화의 원동력으로 여길 수 없도록 방해한다.
반면 '부러움'이란 감정은 나도 할 수 있다는 의지를 북돋우며 부러움의 대상을 본보기로 삼고 배울 점을 찾아 성장할 수 있다. 우리에겐 두 가지 선택지가 있다.

남을 깎아내리려는 '질투'냐 남을 배우려는 '부러움'이냐 무엇을 선택하냐에 따라 앞으로의 삶이 달라진다. '부러움'을 긍정적으로 내면화해서 자존감을 높이고 행복을 찾는 것, 이게 바로 부러움의 순기능이다.

_ 〈웹툰 질투와 부러움〉

마이너스에서
플러스로

비워내고 또 비워내자

막내가 태어나기 몇 달 전 이사를 했다. 집이 좁기도 했고 리모델링이 되지 않은 오래된 아파트라 외풍이 심해, 겨울에는 수면양말과 내복을 껴입고 지내야 했던 집이었다. 어린아이를 키우기에 적합한 집은 아니라고 생각해 이사를 했으면 하는 마음이 들었다.

하지만 경제적으로 이사를 할 형편은 아니어서 말을 꺼내지 못하고 있었는데, 한번 그런 생각이 들자 계속해서 그 생각밖엔 떠오르지 않았다. 심지어 살고 있던 집이 꼴 보기 싫어지기 시작했다. '오래된 아파트라도 요즘은 리모델링이 기본인데 왜 리모델링을 안 한 거지.' 하며 괜한 사람을 원망하기도 하고, 티도 나지 않는 청소가 더 하기 싫어지기도 했다. 조금만 더 컸으면 조금만 더 여유가 있어 수납공간이 많은 집이라면 나도 깔끔하게 살림할 수 있을 텐데 하는 생각들이 끊임없이 일어났다.

그러다 결국 신랑에게 넌지시 이사 이야기를 꺼냈다. 처음엔 긍정적인 반응이 아니었다. 돈 문제가 제일 크게 다가왔기 때문이다. 하지만 오랜 고민 끝에 이사를 결정하게 됐고 바로 옆 동에 그나마 조금 넓은 집을 구할 수 있었다.

우리는 결혼하고 2년마다 이사를 다녔다. 전세금을 올려달라거나 본인이 들어와 살 테니 나가 달라는 이유에서였다. 그나마 그때 살고 있던 집이 제일 긴 4년을 살았던 집이다. 그러다 보니 아이도 태어나는데, 또 다시 이사를 가고 싶지 않은 마음에 조금 무리다 싶을 정도로 대출을 받아 내 집 마련을 하게 됐다. 당시엔 집값이 엄청 오른 시기라 생각했던 것보다 대출을 더 받아야 했기 때문이다. "당분간 아이를 키워야 하니 내가 꼼짝할 수 없는 상황이겠지만 어느 정도 컸을 땐 나도 경제활동을 해서 둘이 같이 벌면 조금은 낫지 않을까?" 그런 말들을 하며 신랑한테 미안한 마음을 드러내기도 했다. 그전에 일어났던 상황들만 없었더라면 그나마 조금은 여유로웠을 텐데 경제적인 이유로 크게 한번 데이고 나니 돈 얘기 앞에 나는 늘 신랑에게 작아지는 존재였다.

리모델링을 하고 이사하게 되자 처음엔 좋았다. 수리한 집이라 깔끔한 데다 그나마 조금은 넓어졌으니 아이 셋을 키울 수 있겠지 싶었다. 이사하기 전에 웬만한 짐들은 다 정리했기에 이 정도만 유지해도 괜찮을 줄 알았다. 하지만 그게 내 착각이라는 걸 깨닫게 되기까지 오랜 시간이 걸리지 않았다. 이사를 하기 전에는 분명 많이 버리고 정리하고 왔는데 왜 다시 집이 이 모양이지? 아이가 태어나니 아이 짐들이 생겨서 그런가? 깔끔하다고 생각했던 집이었는데 점점 더 정신없는 집이 되어가는 듯했다.

하지만 핑계를 끄집어내 자신을 합리화를 하면 할수록 어딘가 모르게 찝찝한 기분이 들었다. 아이가 어려서 그런다지만 우리 집은 늘 지저분했고 정신이 없었다. 아무리 청소를 하고 정리를 해도 티가 나지 않았다. 한다고 했지만 능률은 오르지 않았고, 결혼 경력이 무색할 만큼 살림 하나 똑 부러지게 하지 못하는 무늬만 주부라는 자책감까지 들었다.

여기저기 검색해 살림 좀 한다는 파워블로그나 카페를 기웃거리기 시작했다. 그리고 그 사람들이 하는 살림 방법을 따라 하고자 수납 도구들을 샀다. 그렇게 따라 하면 우리 집도 그 사람들의 집처럼 깔끔해지겠지? 하는 막연한 기대심리였다.

처음엔 어느 정도 효과가 있어 보였다. 하지만 어느 순간 수납 도구들이 짐처럼 다가왔다. 제대로 하지 않으니 불필요한 물건들이 되어가고 있는 것이었다. 무언가 돌파구가 필요했다. 살림에 재미를 붙이고 잘하고 싶어 시간과 돈을 들여 검색하고 물건들을 사들였는데, 어느 순간 이건 아니라는 생각이 들기 시작했다. 내가 나중에 아이들을 떼어 두고 일을 다니려면 집안 꼴이 이러면 안 되는데 하는 마음이 점점 더 강하게 들기도 했다. 무엇보다 중요한 건 살림에 쏟는 시간보다 좀 더 다른 일을 하는 데 시간을 쓰고 싶었다. 아이가 어리니 당연히 육아나 살림에 시간을 쏟는 게 맞겠지만, 그것도 몇 년이다. 아이는 금방 큰다. 그렇기에 '살림을 조금 더 효율적으로 할 수 있지 않을까? 내게 맞는 방법은 뭘까.' 고민하는 시간이 많아졌다.

그러던 어느 무더운 여름날이었다. 아이들을 데리고 시원한 곳에서 책을 보고 싶어 동네 서점을 방문했다가 우연히 책 한 권을 발견하게 됐다. 서가 앞에 서서 그 책을 읽으며 빠져들게 되었고, 끝까지 읽고 싶어 다음 날 도서관에 가 그 책을 대출했다. 책을 읽으면 읽을수록 '그래 바로 이거야.' 하는 마음이 들었다. 그리고 더 궁금하고 더 알고 싶었기에 다시 도서관에 가서 비슷한 종류의 책을 대여해 읽기 시작했다. 그게 내가 '미니멀 라이프'를 만나게 된 계기였다.

관점을 달리하자 보이는 것들

'정말로 중요한 것에만 집중하는 삶, 내가 원하는 것을 위해 시간과 돈과 에너지를 사용하기 위하여 내게 불필요한 것들을 제거해 나가는 삶, 내가 좋아하는 것들만 생각하는 삶, 멈추지 않는 자기 성장과 타인에게 의미 있는 기여를 하는 삶, 물질로는 절대로 채우지 못하는 진정한 행복을 찾을 수 있는 삶을 미니멀 라이프를 통해 얻었다.'

_『버리면 버릴수록 행복해졌다』 황윤정

미니멀 라이프에 관한 책들을 읽으면서 많은 깨달음을 얻었다. 그동안 얼마나 많은 시간과 돈과 에너지를 낭비하고 살았던가. 내 인생인데 내가 중심에 있지 않고 왜 항상 밖을 향해 있었던 걸까. 마음의 여유가 없고 행복감이 없으니, 그 허전함을 물질로만 채우려 했던 지난날에 대한 깊은 자기 성찰이 시작되었다.

인생에는 여러 가지 터닝포인트가 있기 마련인데 내가 미니멀 라이프에 대해 깊이 있게 알게 되었던 것도 그중에 하나다. 특히나 돈에 관련해서는 무언가로 한 대 얻어맞는 듯한 기분도 들었다. 너무나도 경제에 대한 지식이 없었던 내가 바보 같았고 어리석다 생각되었다. 돈 때문에, 돈이 없어서 힘들었던 어린 시절의 경험도 있었건만 왜 그런 쪽으로 눈을 뜨려고 하지 않았는지. 그랬더라면 돈 문제로 신랑과 사이가 나빠질 일도 없었을 뿐더러 지금보단 훨씬 만족감이 높은 인생을 살았을 텐데.

물질적인 것보다 마음의 풍요가 우선이라고 생각하며 살아왔다 생각했다. 그런데 실제로는 물질을 쫓아가는 생활을 했다는 것이 한심스러웠고 스스로 창피한 마음이 들었다.

하지만 더 이상 후회만 하고 있을 순 없었다. 이제라도 깨달을 수 있어 감사한 마음이 들었다. 그리고 어느 날부터인가 복잡한 지금 환경에서 벗어나 여유 있는 곳에서 살고 싶다는 생각까지 들었다. 스스로 통제하는 힘이 약하니 환경을 바꾸면 좀 더 수월하지 않을까. 무리하게 대출을 받아 이사를 한 직후라 셋째가 태어나고 가정경제에도 타격이 있을 수밖에 없었다. 물론 이사 자체도 셋째가 뱃속에 있을 때 한 거라 충분히 고민하고 결정을 한 것이었지만 막상 현실로 드러나자 녹록하지 않았던 거다.

만약에 내가 이사를 해야겠다는 생각이 들었을 때, 아니 어쩌면 그 이전에 미니멀 라이프를 만났더라면 아마도 이렇게 무리하게 대출을 받아 이사를 하진 않았을 것이다. 살고 있던 집에서 미니멀 라이프를 실천했더라면 어땠을까 하는 후회가 밀려왔다. 무엇보다 힘들게 일하는 신랑이 안쓰럽기도 했고 조금 더 일찍 경제활동에서 손을 떼게 해 주고 싶은 마음도 들었기에 신랑한테 나의 의견을 이야기하기 시작했다. 층간 소음으로 인해 스트레스를 받고 있었기에 신랑의 마음도 흔들리고 있다는 것이 느껴졌다.

'도시를 떠나야 한다면 어디가 좋을까?'라는 물음에 이왕 떠나는 거 멀리 가고 싶었다. 아이들에게 자연을 느끼게 해 주기 위해 캠핑도 다니는데 자연이 곁에 있으면 더할 나위 없이 좋지 않을까 하는 생각에 강원도 바닷가가 떠올랐다. 실제로 주말마다 강원도로 가서 부동산을 다니기 시작했는데 아이들은 결사반대를 외쳐댔다. 주말에 강원도를 가는 것 자체에 거부감을 보였다. 가면 부동산 중개업소에만 가는 것도 아니고 바닷가나 관광지를 살펴보며 여행 기분도 느끼게 해 주었는데 아이들 눈엔

들어오지 않았다.

그때 당시 나는 정말 이사를 할 거라는 굳은 마음이 있었다. 더 이상 물질들에게 나의 행복을 뺏기고 싶지 않아서였다. 하지만 그쯤 여러 가지 일들이 생겼다. 친정도 멀어질 수 없는 상황이 발생했고, 시댁은 시댁대로 평탄치가 않았다. 제일 중요한 것은 고학년이 된 아이들의 의견을 무시할 수가 없었다. 그런 환경으로 가는 건 어떻게 보면 순전히 나의 생각인데 나만 좋다고 아이들 의견을 무시한 채 밀어붙여도 되는 걸까. 물론 가면 적응이야 하겠지만 저렇게 싫다는데 이게 맞는 건가 싶었다.

그렇게 적극적이었던 마음에도 고민이 시작되니 시간은 흐르게 됐고 여전히 같은 지역 같은 공간에서 살고 있다. 하지만 그때와 다른 점은 환경은 변하지 않았음에도 관점을 달리해서 바라보니 변한다는 것이다.

막내가 어린이집에 가게 되자 물건을 비워내기 시작했다. 이 일에만 매달려 집안을 당장 바꾸고 싶은 의지가 불타올랐지만 시간적인 한계가 있었다. 어차피 한 번에 될 것도 아니라는 생각에 하나 둘 정리하고 비워냈다. 이런 내 변화에 제일 반가워했던 사람은 신랑이었다. 그동안의 힘듦과 어려움으로 마이너스로 출발해 좋은 것들이 더해져 제로가 되었다. 그리고 미니멀 라이프를 실천하면서 플러스가 됐다.

그러고 보니 삶의 고비 고비마다 나를 당겨 주고 끌어 주는 무언가를 만났던 것 같다. 어려서는 그게 무엇인지도 모르고 마냥 그 상황 속에서 힘들기만 했었는데 커서 생각해보니, 그런 것들이 알게 모르게 있었기에 지금의 내가 존재하지 않을까 하는 생각이 든다.

왜 이렇게 모르고만 살았던 걸까. 관점을 바꾸고 인지하기만 하면 되는 일인데 말이다. 관점을 바꾸니 억울하고 아프기만 했던 기억들이 다 나의 존재의 이유였고, 살려는 의지였다. 무기력하기만 하고 포기하고 싶은 마음이 강했더라면 정말 내가 살아 있었을까. 부정적인 감정이라도 붙잡고 살았던 게 다행이라는 생각도 든다. 그 과정 속에서 상처를 받아 너덜너덜해지긴 했지만 말이다. 그러면 어떠한가. 상처는 치료받으면 된다. 손을 못 쓰는 일이 아니라는 걸 이제는 안다.

인정을
인정하다

무기력: 어떠한 일을 감당할 수 있는 기운과 힘이 없음.

번아웃 증후군: 한자어로 소진. 어떤 직무를 맡는 도중 극심한 육체적/정신적 피로를 느끼고 직무에서 오는 열정과 성취감을 잃어버리는 증상의 통칭. 정신적 탈진.

'네가 먼저 사람들한테 잘해야 해. 궂은일도 해야지. 그래야 칭찬받지. 너는 왜 이렇게 못하니. 이것도 할 줄 모르면서 뭘 하겠다는 거니?'

자신에게 이런 말을 밥 먹듯이 하며 살아왔다. 어떠한 계획을 세우고 실천하지 못했을 때는 이거밖에 안 되는 사람이냐고 화를 내며 나를 괴롭혔다. 특히나 사람들이랑 관계적으로 얽혀 있는 일에 대해서는 더 엄격한 기준으로 하나하나 따지고 살피며 타인의 눈치를 보곤 했다.

사람들이랑 어디에서 만나기로 약속을 정했을 때, 늦는다는 건 절대 용납할 수 없는 일이었다. 그런데 다른 사람이 늦을 때는 '아니 약속 시간을 왜 안 지키지? 이건 기본 아닌가?' 이런 생각이 들다가도 '그래, 늦을 수도 있지. 급한 일이 있었겠지.' 하며 금세 타인을 이해했다. 나에게는 높은 잣대와 기대치를 요구하는 반면, 다른 사람에게는 그러지 않았다는 것이다. 나는 그게 당연한 일인 줄 알았다. 나 자신은 스스로 통제할 수 있고, 마음대로 할 수 있는 반면 타인은 그렇게 못하니 말이다. '네가 뭔데 남한테 이래라 저래라야 너나 잘해.' 이런 소리를 들을게 뻔했다. 남은 내가 아니기에 그 사람 인생에 관여해서는 안 된다는 인식도 있었다. 물론 조언이나 질문은 할 수 있었겠지만 '왜 이렇게 못하니.'라는 건 비난의 느낌이라 상처를 줄 수 있다.

근데 아이러니하지 않은가? 남에게는 상처를 줄까 싶어 한 걸음 떨어져서 생각하는 반면, 정작 내게는 그러지 못했다는 게 말이다. 나도 타인과 다를 게 없는데, 아니 오히려 타인보단 나를 더 살펴야 했는데 왜 자신을 닦달하고 힘들게 했을까.

그래서였는지 어느 순간부터 포기를 잘하는 사람이 되어 버렸다. 잘해도 될까 말까인데 스스로에게 비난만 퍼붓고 있었다. 그나마 해야 되는 의지나 동기를 꺾어버렸다. 하고 싶은 건 많아서 여기저기 열정을 불태우지만 그 열정이 오래가지 못 했다. 무기력이 찾아오기도 했다. 만사가 귀찮고 아무것도 하기 싫었다. 왜 해야 하는지 이유를 찾기 힘들었고, 차라리 아무것도 안 하는 게 나를 덜 괴롭히겠다 싶었다. 그럼 마음이라도 편하겠지 착각 속에 살았다.

신랑과 큰 다툼 후 무기력이 극에 달했었다. 아이들을 원에 보내놓고 잠만 잤다. 집안일조차 하기 싫었고 먹는 것조차 귀찮았다. 아이들 하원 시간쯤 일어나 아이들을 데리러 갔었고, 그 뒤론 놀이터에서 아이들 노는 모습을 지켜보며 시간을 보냈다. 아침 시간을 잠만 자니 하루가 금방 흘러갔음에도 그 시간이 아깝다는 생각을 전혀 할 수 없었다. 무기력이라는 것이 이렇게 무서운 거구나. 지나고 보니 깨달을 수 있었다. 다행인 건 회복 탄력성이 완전 바닥은 아니어서, 조금씩 조금씩 수면 위로 올라왔다. 무엇보다 또다시 몸이 아프다고 신호를 보내니 정신을 안 차릴 수가 없었다.

그러다 나는 왜 이런 삶을 반복하며 살까? 의문이 들기 시작했다. '언제까지 이러고 살아야 하지?' 내가 나를 더 힘들게 할수록 타인에게서 듣는 칭찬과 인정의 말이 늘어나니 더 잘해야 한다는 높은 잣대를 들이댔다. '남들에겐 관대하지만 왜 나한텐 그러지 못하는 걸까. 그래 내가 타인에게 인정받고 싶은 욕구가 강하니 관대해지고 눈치를 보며 살 수밖에 없었겠지. 그래 맞아. 나는 인정받고 싶은 욕구가 강한 사람이야.' 그 마음을 나 스스로 인정해 주니 인정받고자 하는 마음이 조금은 사라지는 걸 알 수 있었다. '그럼 다른 것들도 인정을 해볼까?' 하는 마음이 들었다.

내면아이를 만나 어느 정도 치유해 주고 사랑해 주고 있다 생각하고 나를 잘 안다고 생각했다. 그런데도 여전히 힘들었고 아팠다. 왜였을까? 나를 그 자체로 인정하지 못했기 때문이다. 하지만 나는 네가 못해서 그런 거야. 네가 잘못해서 그런 거야 하며 몰아세우기 바빴다. 남들에겐 잘하는 걸 정작 나에게는 하고 있지 않았던 거다. 그 마음을 알고 나니 번아웃 증후군처럼 문제가 다가오는 걸 느꼈을 때도 금방 알아차릴 수 있었다. 마음이라는 건 알아채 주고 인정해 주면 그 순간 사라진다. 특히나 부정적인 것들은 말이다. 사람은 습(習)이라는 것이 있기에 지금도 여전히 남에게 인정받고 싶어 노력하고 있고 그래서 힘들 때도 있다.

하지만 현재 힘이 든다고 느낄 때, '아! 또 인정받고 싶어서 그런 거지? 그러다 번아웃 온다. 무기력 온다. 지금도 잘하고 있어 괜찮아.' 하고 인정해 주면 힘이 들어간 마음이 느슨해지기 시작한다. 이런 사실을 알기까지 나는 참 오랜 시간 방황했고 스스로를 죽이며 살아왔다. 하지만 지금은 알기에 극복할 수 있는 일들이 많아졌다.

살고 싶어 울린
경고등

'두 팔을 자신의 반대편 어깨에 올려놓습니다. 그리고 나를 꼭 안아 주며 나에게 하고 싶은 이야기를 해 줍니다.'

전화기 너머 들려오는 목소리에 두 팔을 감싸며 이야기하기 시작했다.

"지금까지 살아오느라 수고 많았어. 잘 살아왔고 고마워, 미안해, 사랑해."

이런 말들을 내뱉기 시작하자 눈물이 하염없이 흘렀다.

좋은 기회에 코칭을 받을 수 있는 프로그램에 참여하게 됐다. 하고 싶은 일들이나 내 목표를 이루는 데 있어, 누군가의 조언이나 도움을 받으면 좋지 않을까, 하는 마음에 신청했었다. 그리고 그날은 전화로 상담을 진행하는 날이었다. 여러 가지 대화가 오가며 그 와중에 내면아이, 성찰에 대해 이야기를 하고 있었는데 눈물이 터져버린 것이다. 잘하고 있는 줄 알았다. 그동안 나의 내면을 들여다보는 일, 나 자신을 향해 질문 하며 성찰하는 시간을 잘 갖고 있었다 생각했다. 그래도 나의 에고가 뛰쳐나온다든지, 나를 힘들게 하는 일들이 있었기에 감사일기나 칭찬일기, 긍정 확언들을 적으며 스스로를 다독이고 지냈던 시간들이었다. 하지만 그러면서도 다른 쪽에선 예전처럼 나를 다그치고 힘들게 했던 기억들이 떠올랐다.

몇 년 전 어느 늦은 밤 음악을 듣다 문득 나에게 "미안합니다."라는 말을 했다. "미안합니다, 미안합니다." 그리고 어느 순간 "용서하세요, 용서하세요."라고 이야기를 하고 있었다. 그리고 그 순간 그동안 너무나도 나를 사랑하지 않았던 내 모습이 떠올라 대성통곡을 하기 시작했다.

'착하게 살아야지. 이렇게 하면 아무도 너를 봐 주지 않아. 너는 왜 이렇게 잘하는 게 없니. 이것밖에 못 하니?'

그동안에 온갖 부정적인 말들을 하며 나 자신에게 채찍을 내리쳤던 기억들이 떠올랐다. 생각이 떠오를수록 다른 한편에선 점점 작아지고 있는 내 모습이 보였다. 그동안 사랑받고 싶고 관심받고 삶의 기준이 내가 아닌 다른 사람에게 두고 있었다는 걸 알게 되었다. 기준이 다른 사람에게 있으니 나는 없었다.

가슴이 숨을 쉴 수 없을 정도로 답답했다. 나 자신조차 나를 사랑하는 마음이 별로 없었다는 걸 알게 되자, 내가 불쌍하고 안타까워 견딜 수가 없었다. 끊임없이 "미안해, 용서해 줘."라고 이야기하는데, 어느 순간 여기까지 잘 살아줘서 고마운 마음이 들었다. "고맙습니다, 고맙습니다."

그 힘든 세월을 견디며 살아온 내가 고마웠다. 삶을 포기하지 않아 고마웠고 더 나쁜 길로 빠지지 않아 고마웠다. 지금이라도 미안한 마음을 깨닫게 해 줘서 고마웠다. 그러자 내 안에 사랑의 충만함이 느껴졌다. 온 마음을 다해 "사랑해 사랑해 많이 많이 사랑해."라고 이야기해 주었다. 나는 그날 나의 내면아이와 그렇게 대면했었다. 그렇게 살아온 나 자신이 억울했고, 미안했고, 고마웠다. 온갖 감정들이 뒤섞인 채로 펑펑 눈물을 쏟아냈고 잠을 이루지 못했었다.

예전보다 마음이 한결 가벼웠고 세상이 달라 보이는 느낌마저 들었다. 내 마음이 충만하니 아이들에게도 더 잘하게 됐다. 이제 무엇이든 할 수 있는 사람이라며 예전에 비해 자신감 넘치는 모습을 보이기도 했다.

하지만 내면아이라는 게 대면했다고 해서 상처를 치유했다고 해서 끝나는 게 아니다. 끊임없이 그 마음을 알아채 줘야 한다. 그리고 중요한 건 내가 사는 환경은 달라지지 않았다는 거다. 나의 습관이나 행동들도 말이다. 물론 이러면 안 되는데 하는 자각이 일어나기에 마음을 달리 먹을 때가 많긴 했지만 말이다.

현실이 변화되고 바뀌지 않은 상태에서 내 마음을 다스리는 일은 정말 힘든 일이다. 더군다나 그쯤부터 신랑과의 관계에 금이 가기 시작했다. 경제적인 문제는 당장에 해결이 되지 않은 문제였기 때문에 상황은 심각하게 흘렀고, 그 과정에서 충만했던 내 마음은 오간 데 없이 사라져 버렸다. 아니 오히려 예전보다 더 심각해져서는 지하 깊은 땅굴 속으로 나를 더 밀어넣고 있었다. 앞이 깜깜했지만 나오고 싶지 않았다. 그 어둠 속이 오히려 더 편했다. 아이들이 있으니 가끔은 지상에 올라와 빛을 보기도 했지만, 오히려 눈을 찌르는 듯한 빛이 싫어 더 깊고 어두운 곳으로 내려가려고만 했다.

그렇게 몇 달을 보내니 결국 탈이 났다. 몸에서 증상이 나타난 것이다. 어둠이 좋다더니 증상이 나오고 재발인 건가 싶은 생각에 겁이 났다. 병원에서 재발 판정이 나오고 입원을 하며 치료를 받기 시작했는데 그제야 어둠 속에서 나가야겠다는 생각이 들었다. 지금은 치료받고 나오면 일상생활이 가능하다지만 이렇게 자꾸 아프게 되면 내 의지대로 할 수 있는 게 점점 없어지지 않을까. '내가 지금 뭐 하고 있는 거지? 정신 차려!' 이런 마음들이 들었다.

내 병은 자가면역질환이다. 신경이 손상되고 왜 이 병이 생겼는지 원인도 알 수 없는 병이다. 하지만 재발을 유발하는 제일 큰 원인은 스트레스다. 마음 상태라는 것이다. 한마디로 마음의 병인지도 모른다. 꼭 스트레스가 전부는 아니겠지만 병원에서도 극도의 스트레스나 몸을 힘들게 한다거나 하는 일은 피하라고 했다.

'신은 내가 이런 사람이라는 걸 어떻게 아셨는지 하필 이런 병에 걸리게 했지?' 하는 생각이 떠올랐다. 스스로를 괴롭히는 요소들이 많았는데, 이젠 그렇게 살지 말라며 하늘이 만들어준 안전장치 같은 느낌이랄까.

이런 생각들이 들자 내 병이 꼭 나쁜 것만은 아니라는 생각이 들었다. 그래서 나는 더 열심히 살아야 하고, 또 살고 싶다. 나를 더 사랑하면서 말이다.

4장

———

흉터가
무늬가 될 때까지

이기적인
사람

요즘은 아빠들이 육아에 적극적으로 동참하고 있고 그게 당연한 일이라 받아들여지고 있다. 하지만 내가 큰아이를 키울 때만 해도 육아를 함께하는 아빠들은 드문 일이었다. 내가 요구하지 않았음에도 신랑은 적극적으로 육아에 동참해 주었다. 주변 사람들이 부러워할 정도로 가정적이며 다정한 신랑이었고 아빠였다.

아이들도 아빠랑 시간을 보내는 것을 즐거워했고, 아빠가 오기만을 기다렸다. 잠을 잘 때도 아빠 옆에서 자겠다며 툭탁거렸고, 길을 걸어갈 때도 손을 잡겠다며 서로 쟁탈전을 버리기까지 했다. 아빠랑 같이 있을 때면 아이들은 언제나 아빠가 1순위였다. 아이들은 아빠랑 놀다가도 잠자리에서는 엄마를 찾는다는데 우리 애들은 그런 일이 없었다.

정서적으로도 엄마보다 아빠와 시간을 더 보내는 것이 좋다고 생각을 한다. 평소에는 같이 놀고 싶어도 엄마에 비해 물리적인 시간이 부족하기 때문이다. 나중에 아이들이 사춘기가 되어서도 서먹한 아빠가 아닌, 대화를 할 수 있는 친구 같은 아빠이기를 바랐다. 실제로 사춘기가 된 첫째와 둘째는 아빠와 함께 있는 시간을 불편해 하거나 어색해 하지 않는다. 지금도 여전히 아빠와의 데이트를 즐기고 아빠의 옆자리를 서로 원한다.

아이들이 아빠랑 보내는 시간에 나는 쉴 수 있다. 에너지를 채운다. 내 시간을 갖는 것이다. 꼭 쉬지 않아도 다른 집안일을 할 수 있고 내가 좋아하는 책을 읽을 수도 있다.

알고 지내는 한 지인은 남편이 육아에 참여하지 않는다며 가정적인 신랑을 부러워했다. 그런데 가만히 보면 그녀는 신랑을 믿지 못해 자신이 직접 다 해버리는 스타일이었다. 양치 하나를 부탁해도 구석구석 꼼꼼하게 닦아 주지 않는다며 잔소리만 하다 자신이 해버릴 때가 많았다. 밥을 먹일 때도 마찬가지였다. 그러면서 육아를 도와주지 않는다고 남편에게 서운해 하며 '독박육아'라고 힘들어 했다.

정말 바빠서 시간을 내지 못하는 상황에선 어쩔 수 없다. 하지만, 시간적인 여유가 있음에도 신랑이 하는 방식이 못마땅하고 미덥지 못해 아이를 맡기지 못하는 엄마들을 종종 본다. 그러면서 힘들어 한다. 그리고 엄마들은 아프면 안 된다고, 내가 아프면 아이를 봐 줄 사람조차 없는 현실에 스스로 죄인을 만든다.

엄마가 아프면 집안이 엉망이 되는 건 맞다. 특히나 아이들이 어릴수록 미안한 마음에 자기 몸 하나 건사하지 못한 무능력한 엄마가 된다. 나 역시도 그랬다. 하지만 평소 엄마의 자리가 티나지 않도록 생활을 해보는 건 어떨까. 내가 입퇴원을 반복하면서 느꼈던 것은 엄마의 공백을 조금은 느끼지 못하도록 해야겠다는 거였다.

엄마가 자리에 없으면 살림에서도 티가 난다. 어떤 물건이 어디에 있는지도 모르고 전화로 물어보기 일쑤다. 물건 하나 못 찾는다며 답답해하고 짜증을 냈었지만 잘 들여다보면 정리정돈을 잘하지 못했던 내 문제가 컸다. 시간이 없다는 이유로, 수납공간이 적다는 이유로 말이다. 그래서 살림의 간소화를 선언했고, 미니멀 라이프를 진행 중이다. 어느 누가 봐도 물건들이

제자리에 있어 쉽게 찾을 수 있고 한눈에 보이도록 말이다.

아이들 이야기를 해볼까 한다. 앞부분에서 얘기했던 것처럼 우리 아이들은 엄마인 나보다 아빠를 더 좋아한다. 그래서 엄마가 부재 중일 때 엄마를 울며불며 찾지 않는다. 물론 엄마가 보고 싶다고 이야기는 한다. 다만 정서적으로 불안해 하지 않는다는 것이다. 아이들이 엄마만 찾는다고 내 시간이 없다며 툴툴대지 않는다. 시간은 내가 얼마든지 만들 수 있다고 생각한다.

단, 신랑이 출장을 간다거나 야간 교대이거나 어쩔 수 없는 상황에선 엄마의 시간이 부족한 게 맞다. 정말 '독박육아'다. 그런데 그 외에는 얼마든지 10분, 30분이라도 아이를 아빠한테 맡길 수 있다. 그리고 그 시간에 아무것도 하지 말고 한번 쉬어보자. 아니면 내가 하고 싶었던 일을 해보자. 평소에 부족한 에너지를 채워 그 에너지로 애들한테 더 쏟아부어 주면 된다.

누군가 나서서 아이들을 봐 주고 나의 고단함을 알아주면 좋겠다 바라지 말자. 엄마 스스로 기회가 될 때마다 아이들을 맡기고 본인의 시간을 찾았으면 좋겠다. 나는 스스로를 이기적인 엄마라 생각한다. 그런다고 아이를 사랑하지 않고 가족에게 관심이 없는 게 아니다. 엄마인 내가 몸과 마음이 건강할 때, 그 마음으로 가정을 더 잘 꾸려갈 수 있다. 누군가 나를 알아주지 않는다고 '나는 아파도 안 되는 존재야!' 라고 한탄할 게 아니라 스스로 이기적인 사람이 되어보자. 맛있는 것도 더 잘 챙겨 먹고, 적극적으로 쉬어도 보고, 작은 일이라도 하고 싶은 것을 하며 살아보자. 그게 결국엔 이기적인 게 아니라 가족 모두를 위하는 게 아닐까.

'자신을 먼저 보살펴야 여러분을 가장 필요로 하는 사람들에게 더 많은 보살핌을 줄 수 있다는 뜻입니다. 비행기의 산소 마스크 이야기 아시죠? 자신이 먼저 마스크를 쓰지 않으면 다른 사람을 구할 수 없어요.'

_『내가 확실히 아는 것들』 오프라 윈프리

내가 지금
불행하지 않은 이유

"할머니, 할머니! 아드님 바빠서 오늘 못 온대."

밥을 먹고 식판을 가져다 놓고 오는데, 옆 침대에 계신 간병인 분 목소리가 병실 밖까지 들려왔다. 나이가 있으신 할머니는 귀가 잘 안 들리시는지 간병인이 큰 소리로 말을 해야 알아들을 수 있으셨다. 처음 병실에 왔을 때 크게 이야기하는 그 목소리가 시끄럽기도 하고 귀에 거슬렸는데, 정작 말을 하는 분도 얼마나 목이 아플까 생각하니 참을 수 있었다.

할머니는 아들이 보고 싶으셨나 보다. 간병인의 이야기를 들으니 표정이 좋지 않아 보였다. 병원에 입원한 지 며칠이 지났는데도 바쁘다면서 와 보지도 않는 아들을 할머니는 꽤 기다리는 눈치였다.

병원에 있다 보면 별별 사람들을 다 보게 된다. 1인실도 아니고 다인실에 있으니 더 그렇다. 게다가 내가 주로 입원했던 신경과는 연세가 있으신 분들이 더 많은 병동이다. 딸들이 번갈아 간병을 하는데, 두런두런 이야기도 잘하시는 분, 아들이 있긴 한데 조용히 계시는 분, 거동이 불편해서 간병인이 24시간 붙어 있어야 하는 분 등등…. 저마다의 사연을 가지고 있다.

나이도 젊은 내가 혼자 있으니 그분들 눈엔 내가 더 사연이 있는 사람처럼 보였을 것이다. 아픈 것처럼 보이지도 않는데 젊은 양반이 어디가 아파서 왔느냐고 물어보는 분들이 항상 계셨다.

움직이는 게 불편하고 힘들긴 했어도 내 의지대로 움직일 수는 있는 상태였다. 처음 진단을 받았을 땐 상태가 심각했던지라 움직일 수 없었다. 지금은 증상이 보이고 점점 강도가 커지는 것 같으면 병원에 가서 검사를 받는다. 그래서 병원에 입원해도 내 의지대로 움직일 수 있어 혼자서도 병원 생활이 가능했다. 신랑은 일도 해야 하고 끝나면 애들도 챙겨야 했기에 병원에 입원하게 되더라도 늘 혼자 지냈다.

평소에는 약만 먹을 뿐 증세도 없을 때가 많으니 스스로도 아프다는 걸 인지하지 못하고 살 때가 많다. 그게 나쁘다는 게 아니다. 말하는 대로 생각하는 대로 이루어진다고 '나는 아프지 않다. 건강하다'고 생각하며 살면 정말 그런 것 같다. 문제는 너무 아무렇지 않게 생활을 할 때가 있다는 것이다. 몸을 혹사하거나 약 복용을 건너뛰는 일 말이다. 그리고 무엇보다 부정적인 생각들이나 안 좋은 상황들은 내 병을 더 키우는 존재들인데 그걸 인지하지 못하고 힘들어 할 때가 많았다.

삶의 의욕이 많이 떨어지고 우울해질 때 나보다 더 아픈 이들을 보며 '나는 저렇게 아플 정도로 살진 말아야겠다. 아픈 부모 앞에서 자식들이 싸우는 게 웬 말이야. 자식도 잘 키워야 해. 아니 나는 자식한테 짐이 되지 말아야겠다. 그래 건강을 더 챙겨야겠다.' 이런 생각들이 차츰 들기 시작했다. 무엇보다 노년의 그분들을 보면서 지금 정신 차리고 살지 않으면 나중에 저 분들보다 더 심한 상항이 올 수도 있겠다는 생각에 겁이 살짝 나기도 했다.

혼자서 밥도 먹을 수 없어 콧줄로 영양분을 넣어 주어야 하고 가래도 스스로 처리할 수 없어 기계나 다른 사람의 손을 빌려야 하는 분, 마비가 오신 분 등 병원에 있다 보면 정말 위독하신 분들이 많다. 당장에 삶의 의욕이 넘친다거나 기분이 좋아진다거나 하지는 않았지만 그런 생각의 전환이 생기니 아이들에게도 대하는 태도가 달라졌고 신랑도 더 이해해보자, 잘해 주자, 노력해보자는 마음들이 들었다.

　다리에 힘이 빠져서 내 의지대로 움직이는 게 불가능했고, 손저림이 너무 심해 수저조차 들지 못하는 상황들을 겪었다. 손과 다리가 건강하다는 게 얼마나 감사한 일인지 뼈저리게 느꼈었다. 그 사실을 잊지 말자 늘 다짐해 본다.

후회가 없는
지금을 살고 있다

'일주일 정도 입원해서 5번 주사 치료를 받고 1년 뒤 다시 3번의 주사 치료를 받으면 됩니다. 약값이 비싸긴 한데 다행히 작년에 보험을 통과해서 혜택을 받을 수 있습니다. 부작용 가능성은 있지만 이 치료를 받아보는 게 어떤가요?'

전처럼 2년도 아니고 1년 만에 재발을 하게 되자 담당 의사 선생님은 다른 치료법을 이야기해 주셨다. 아무리 보험 적용이 된다 해도 워낙에 약값 자체가 비싸고, 대상자 기준이 엄격해 이 치료를 받아본 환자들은 소수라고 했다. 신약이라 들어온 지 얼마 안 돼 치료 후 경과에 대한 기록도 없다고 하셨다.

임상실험이 끝나 안전하다고는 하지만 치료를 받고 나서 예후를 알 수 없는 게 불안한 요소로 다가왔다. 그러나 선택의 여지가 없었다. 그동안 재발할 때마다 치료제를 바꿔 써봤지만 오래가지 못했다. 다행히도 유럽의 선진국에서 흔히 나타나는 질병이라 신약개발에 투자를 많이 해 꾸준히 치료제가 나왔다. 의사 선생님이 권유한 주사 치료제도 나온 지 얼마 되지 않은 신약이었다. 신랑과 상의 끝에 이 치료를 받아보기로 결정했다. 실비보험이 있으니 다행이었다. 나라에서의 보험 혜택과 개인보험 혜택까지 받을 수 있으니 감사한 일이다. 그렇지 않았으면 '치료받아볼까?' 하는 고민조차 하지 못했을 것이다.

'만약 당신이 당신 앞에 나타나는 모든 것을 감사히 여긴다면 당신의 세계가 완전히 변할 거라는 점이다. 가지지 못한 것 대신 내가 이미 가지고 있는 것들에 초점을 맞춘다면 당신은 자신을 위해 더 좋은 에너지를 내뿜고 만들어 낼 수 있다.'
　　　　　　　　　　　　　_『내가 확실히 아는 것들』 오프라 윈프리

처음 진단 받았을 때 내 상태는 혼자 일상생활을 하지 못할 정도였다. 내 몸임에도 내 몸이 아니었다. 아침에 일어나서 몸을 움직이려고 하자 다리가 안 움직이는 마비 상태의 경험을 해본 적이 있는가? 손이 저린 나머지 컴퓨터 자판을 칠 때마다 통증이 밀려오고 볼펜을 잡기도 어려워 글씨를 쓰지 못했던 경험은? 초점이 맞지 않아 시야가 흐릿하고, 무언가 뿌옇게 낀 것처럼 제대로 볼 수 없는 경험은?

이런 끔찍한 일들을 경험해봐서일까, 세상엔 감사할 일이 너무나 많다는 걸 깨닫게 됐다. 처음부터 이런 마음은 분명 아니었다. 원망과 억울함이 밀려왔고 화가 났다. 절망스러웠다. 하지만 그럴수록 더 아프기만 했다. 달라지는 것도 없었다.

병원에서 치료를 받은 후 몸이 정상으로 회복될 때마다 감사한 마음이 들었다. '이제는 내 마음대로 움직일 수 있네. 아이들을 볼 수가 있네.' 자연스럽게 나에게 감사한 마음들이 생겨났다. 아침에 정상적으로 일어날 수 있는 것, 숨을 쉴 수 있는 것, 치료받을 돈이 있다는 것 등등 주위를 둘러보니 세상에 감사하지 않을 이유가 없었다.

하지만 인간은 망각의 동물이라 자꾸 잊어버리게 된다. 그래서 꾸준하게 감사일기를 쓰고 있다. 사람들은 무언가 특별하거나 좋은 일이 생길 때 감사한 마음을 느끼고 감사할 일이 생겨야 그때서야 비로소 감사하다고 한다.

하지만 주위를 둘러보자. 특별한 일이 일어나지 않아도, 좋은 일이 일어나지 않아도 얼마나 감사한 일이 많은가. 아프지 않고 건강해서 감사하고, 편히 쉴 수 있는 집이 있어 감사하고, 어디든 갈 수 있는 대중교통이나 차가 있어 감사하다. 감사일기를 쓰면서 느꼈던 것은 감사할수록 감사할 일이 더 많이 생긴다는 것이다.

단지 그것을 알아차리지 못할 때 안타깝다. 당장에 부자는 아니어도 먹고살 수 있는 돈이 있으니 얼마나 감사한 일인가. 우리는 우리가 가지고 있는 것들은 보지 못하고, 갖고 있지 않은 것들을 부러워하고 시기하면서 에너지를 낭비한다. 나 역시 돈 많은 사람들이 부러웠다. 좋은 집에 살거나 공부를 잘하는 사람도 부러웠다.

그러나 나보다 더 돈이 없는 사람들도 있고, 집이 없는 사람들도 분명 있다. 그렇다고 내가 이런 물질적인 것들을 좋아하지 않아서가 아니다. 지금도 돈 많은 사람들이 부럽고 잘사는 사람이 부럽다. 하지만 그것뿐이다. 부럽다, 그 마음에서 끝난다. 그리고 '나는 왜 돈이 없지? 왜 이렇게 살지?'가 아니라 '그럼 나는 무엇을 해야 하지?' 하는 생각의 변화가 일어났다고 해야 할까.

굉장히 부정적인 사람이었다. 그런데 아프다고 해서 갑자기 긍정적인 사람이 될 수 있었을까. 그 당시에는 물론 그럴 수 있다. '아버지가 지금까지 못 해 줘서 미안하다. 잘살아보자. 내가 이제 가장으로서 아버지로서 역할을 다 하마." 이렇게 말은 했지만 지켜지지 않는 것들을 보면 그때뿐이라는 거다.

예전의 그 부정적인 아이로 돌아가고 싶지 않다. 그때보다 형편이 나아졌다고 그러는 것이 아니다. 그때보다 더 못살게 된다고 하더라도 그 시절로 되돌아가고 싶지 않다. 그때의 나는 스스로를 힘들게만 했던 아이였다. 세계적인 발레리나 강수진 님의 인터뷰를 보았다.

"예전으로 돌아가고 싶으시다면 언제로 돌아가고 싶냐?"는 기자의 질문에 본인은 돌아가고 싶지 않다고 했다. 그리고 이렇게 말했다. "왜냐 하면 그 시절 나는 온전히 내 삶을 살았다. 최선을 다해서 살았고 그래서 후회가 없다. 그렇기에 지금 현재가 가장 좋다."

지나온 내 과거는 후회 투성이일지 몰라도 지금 현재의 나는 최선을 다해 온 마음으로 내 인생을 살아가고 있다. 그래서 나도 예전으로 돌아가고 싶지 않다. 미래의 나에게 또다시 후회하고 원망하며 사는 인생을 살게 하고 싶지 않다.

코로나 상황이
내게 준 것

2019년 연말에 시작된 코로나19로 온 세상이 지금까지 바이러스와 전쟁을 치르고 있다. 이런 불안한 상황 속에 다른 사람들은 어떤 선택을 하며 현재를 살아가고 있을까. '코로나 덕분에? 코로나 때문에?' 나는 앞서가는 사람도 아니었고 통찰력도 없는 사람이다. 그래도 다행인 건 책을 읽고 자기계발을 하다 보니 그런 부분에서 나름대로 정보를 얻을 수 있었다. 이 코로나 상황도 마찬가지다.

2020년 설 무렵까지만 해도 우리나라 상황은 나쁘지 않았다. 중국과 몇몇 다른 나라는 확산세가 심각해 위기를 겪고 있었지만 우리는 중국인 입국을 유일하게 허용하는 나라임에도 선방하고 있는 중이었다. 그런데 개학 시기가 다가오자 상황은 점점 악화되기 시작했다. 개학 연기라는 초유의 사태에 이르렀다.

처음 연기됐을 때만 해도, '금방 끝나서 가겠지. 갈 수 있을
거야' 하는 마음이 지배적이었다. 하지만 그 뒤로도 여러 차례
연기한다는 발표가 이어졌고, '이러다 못 가는 거 아니야?' 하
는 불안감이 하늘을 찔렀을 때 '무기한 연기'라는 상황에 처하
게 됐다, 아이들과 엄마들은 그야말로 멘탈 붕괴, 집단 멘붕이
최고조에 이르렀다.

학교에 가서 정상적인 수업을 받고 친구들과 어울리며 사회
성을 키워야 할 아이들이 기본적인 생활 습관이 깨진 채 기약
없는 개학을 기다려야 하는 상황이었다. 24시간 아이들과 함께
장기간 있다 보니 생활 리듬이 깨진 건 엄마도 마찬가지다. 삼
시세끼 챙기느라 하루 종일 분주했고 주방에서 벗어나기 힘들
었다.

'우리는 사회적 거리두기 같은 형태로 바이러스와 공존하는
법을 배워야 할 겁니다.'

_ 김미경의 리부트

김미경 선생님은 예전부터 좋아하고 존경하는 강사님이셨

다. 강의도 무척 재밌게 하실 뿐더러 엄마들에게 희망의 메시지를 전달하며 할 수 있다는 의지를 만들어 주시는 분이다. 그만큼 열정적이고 에너지가 넘치는 분이다. 그쯤 김미경 선생님의 저서 『엄마의 자존감 공부』를 읽으며 나름대로 큰아이의 사춘기 시절을 대비하고 있었다. 선생님의 유튜브 채널 속 강의 영상도 꾸준히 시청했다. 그러다 코로나 위기가 찾아오자 이 상황을 극복하기 위한 영상들을 올리셨고, 본인 스스로 공부하며 알아낸 것들을 공유해 주기 시작하셨다. 코로나 종식은 없을 것이며 꽤 오랜 시간 우리와 함께 공존할 것이라고 끊임없이 강조하셨다.

그렇다면 우리는 무엇을 해야 할까? 좌절을 선택하고 신세 한탄을 해야 할까? 어떻게든 이 위기를 극복하기 위한 선택을 하며 희망의 씨앗을 뿌려야 할까?
'가슴 아프지만 이제 현실을 인정하자. 언제 돌아갈 수 있을까? 물을 때는 지났다. 크게 심호흡하고 다가올 미래를 위해 무엇을 준비해야 할까를 묻고 또 물어야 할 시간이다.'
_ 김미경의 리부트

2019년 12월 유튜브 채널을 개설하고 영상을 올리기 시작했다. 처음엔 잘 몰라 힘들긴 했어도 재밌었다. 아이들 방학과 겹치긴 했지만 곧 개학이니 괜찮을 거라며 나를 달래는 중이었다. 그리고 봄이 되면 배우고 싶었던 베이킹 클래스에도 다시 다닐 계획이었다. 베이킹 수업료나 재료비를 벌기 위해 시작한 단기 아르바이트도 개학과 동시에 다시 해야겠다는 마음을 품으며 개학을 할 날만을 손꼽아 기다렸었다.

하지만 김미경 선생님의 말씀처럼 끝날 것 같지 않은 이 상황을 인정해야 했다. 정신줄을 놓지 않고 버티는 방법밖엔 없어 보였다. 코로나 상황에 공존할 수 있는 나만의 방법을 찾으려 끊임없이 질문하고 공부해야 했다. 그러다 보니 나의 꿈도 목표도 점점 다른 방향으로 흘러가기에 이르렀다. 온라인 세계에 눈을 떴다. 컴맹에 기계치라 따라가기가 힘들었지만 거북이처럼 느리게라도 쉬지 않고 전진하고 있는 중이다.

밖에서 늘 만나던 사람들을 못 만나게 됐지만 온라인이라는 공간에서 새로운 인맥들을 알게 됐고 친해지게 됐다. 소통하는 사람들이 달라지니 나도 점점 변화하는 게 느껴졌다. 남들은 코로나 팬데믹이 언제 끝나느냐며 우울한 마음으로 근심 걱정에 쌓여 있을 때, 하나라도 더 배우기 위해 책을 읽고 강의를 들으며 공부했다. 그리고 힘들어 하는 주위 사람들에게 내가 알게 된 것들을 알려 주려 했지만 관심을 보이는 사람은 없었다. 뉴스에서도 코로나 상황은 종식되지 않고 오래 갈 거라고 하니 '오래가겠구나. 그래도 예전의 일상을 되찾겠지' 하며 그때만을 기다리고 있었다.

온라인에서 만난 사람들과 오프라인으로 형성된 지인들의 생각들은 달라도 너무 달랐다. 하다못해 사촌들과 친언니까지도 말이다. 한마디로 변화된 상황을 인정하고 받아들이는 새로운 선택을 하지 않았다.

"중요한 것은 '못 한다'를 '안 한다'로 바꾸는 발상의 전환이다. 어떤 상황에서도 내 인생의 주도권을 뺏겨서는 안 된다. 코로나 따위에 지지 말자. 그리고 자존감 있게 선언하자. '못 하는 게 아니라 안 하는' 거다. 그리고 이 위기는 반드시 내 힘으로 해결한다!"

_ 김미경의 리부트

생각해보니 40년 넘게 살아오면서 내 인생의 주도권을 갖고 살았던 적이 언제였는지 기억나지 않는다. 나의 삶은 주도적이지 못했다. 남들에게, 타인에게 끌려다니는 삶을 살았다. 이런 습관으로 형성된 나를 바꾸기 위해 엄청난 공을 들여야 했다.

그럼에도 힘들지만 변화를 선택했다. 더이상 이런 위기들이 생겼을 때 우왕좌앙 남들을 따라 할 게 아니라 아이들에게도 변화하는 엄마의 모습, 당당한 모습을 보여 주고 싶었다. 이런 게 산 교육이 아닐까.

바꿔라!
변하고 싶다면

변하고 싶으면 바꿔야 하는 게 있다. 바로 시간과 사람이다. 인생의 고비마다 변화하고 싶거나 무언가 결심을 했을 때 아침에 일어나는 시간을 바꿨다. 바로 새벽에 일어나는 것이다. 제일 처음 새벽에 일어난 날은 진단을 받고 난 뒤 더이상 이렇게 살고 싶지 않았을 때다.

어렸을 때부터 아침잠이 많아 일어나는 게 곤욕이었던 사람이다. 그런 내가 스스로 아침도 아닌 새벽 시간에 일어나게 된 건 대단한 일이다. '육아맘'들은 공감할 것이다. 몸이 피곤하고 힘들어서 아기가 잘 때 같이 자야겠다고 생각하다가도 아이가 막상 잠들고 나면 그 시간이 너무 아깝다. 아이가 없는 나만의 시간, 잠들기 너무 아까운 시간이다. 죽으면 평생 자는 잠, 조금 덜 자면 어때? 이런 생각이 들면서 잠든 아이를 한번 보고 이불을 박차고 나올 수 있었다. 그렇게 밤새 그동안 못했던 인터넷에 접속해 다른 세상을 구경하며 동경한다거나 책을 읽으며 시간을 보냈다. 그러니 아침엔 늘 피곤함에 찌들어 일어나기 일쑤였다. 이런 사람이 새벽에 일어난다는 건 엄청난 결심이다. 5시가 안 되는 시간 눈을 뜨기 시작했다.

일어나서 제일 먼저 호흡을 가다듬었다. 명상이라곤 해본 적이 없는 사람이 그냥 느낌만으로 호흡의 숨소리에 집중하며 내 안에 있는 아픈 기운들과 상처들을 내보낸다는 생각으로 후~ 하며 내쉬었고, 새로운 에너지로 내 몸을 채운다는 마음으로 크게 들이마셨다. 호흡에 집중하면서 의외로 숨을 크게 뱉거나 내쉬는 일이 얼마나 힘든 일인지 새삼 깨달을 수 있었다. 우리가 일반적으로 내쉬는 숨은 숨이 아닌 것처럼 느껴졌다. 한순간도 멈출 수 없는 숨쉬기가 왜 이렇게 힘들지?

그렇게 매일 호흡에 집중하다 보니 어느 순간 생각이 사라지는 게 느껴졌다. 그야말로 무상무념의 순간이 되는 것이다. 오로지 내 호흡만 있을 뿐이다. 이렇게 호흡에 집중하고 요가나 스트레칭을 하며 몸을 움직였다. 몸이 뻣뻣하고 유연하지 못했는데, 매일 반복하다 보니 조금씩 유연해졌다. 몸이 이완되는 그곳에 의식을 머물게 하고 호흡을 하다 보면 그곳의 통증을 느끼는 날도 있었다. 그리고 이후에는 독서를 했다. 육아서적을 주로 보다가 심리학이나 인문학, 뇌과학, 영성 책 등 다양한 분야로 독서를 확장했다.

이렇게 1년 넘게 새벽의 에너지를 느끼다가 신랑과 사이가 안 좋아지면서 멈추게 됐다. 그리고 어둠 속에 갇혀 지내기를 몇 달, 몸이 정신을 차리라며 신호를 보내왔다. 재발을 한 것이다. 그리고 다시 인생을 포기할 게 아니라면 잘 살아야겠다는 생각에 제일 먼저 새벽 기상을 선택했다. 그리고 예전처럼 명상을 하고 운동을 하며 책을 읽었다. 이때는 자기계발서를 주로 봤다. 이왕 잘 살기로 한 거 좀 더 나은 내가 되고 싶었다. 그리고 낮에는 좋은 강의가 있다는 정보를 알게 되면서 아이들이 오는 시간에 맞춰 거리를 마다 하지 않고 강의를 들으러 다녔다. 그러면서 새로운 사람들을 알게 됐다.

안면을 트고 연락처를 주고받는 사이까지는 아니지만 비슷하게 변화하고 싶고 성장하고 싶은 사람들을 보게 됐다. 엄청난 에너지에 위축될 때도 있었지만 나도 저 사람들처럼 될 수 있겠지 하는 기대심리가 생겼다. 그전까지는 인터넷 검색을 하더라도 리빙이나 육아 분야만 검색했는데 이제는 자기계발이나 성장에 관해 검색을 하며 그런 분들의 블로그나 SNS를 찾아다녔다. 세상엔 나보다 더 힘든 상황 속에서 살고 있음에도 자기의 꿈을 이루기 위해, 가족의 행복을 위해 열심히 사는 엄마들이 너무나 많다는 걸 처음 알게 됐다. 엄청난 충격이었고 지금껏 나는 무엇을 하며 살았나 반성을 하기에 이르렀다. 그렇게 자극을 받으며 나도 열심히 살아야겠다는 의지를 불태웠다.

그런데 막내를 출산하면서 새벽 루틴들이 흐트러졌다. 재발이 되어 이전과는 다른 치료를 받게 되면서 몸은 더욱 힘들어졌다. 반복되는 재발로 좀 더 강한 치료제를 써보자 하셨다. 자가 면역질환이기에 반대로 면역체계를 더 흐트려 놓는 치료였는데 의사 선생님 표현으로는 기존에는 아픈 부위에 총을 쏴서 염증들을 죽였다면, 이번엔 아픈 부위든 어디든 상관없이 핵폭탄을 빵~ 터트려 면역체계 자체를 리셋 시킨다는 개념이라고 했다. 멀쩡한 면역세포에도 피해가 가니 몸이 멀쩡할 리 없었다.

기본적인 피검사 수치는 대부분 훅~ 떨어진 상태였고 감기조차 걸리면 위험한 상황이었다. 일주일이 넘는 치료 기간을 끝내고 집으로 왔는데도 집안에서조차 마스크를 쓰며 다른 병에 걸리지 않도록 조심하고 또 조심했다. 그럼에도 면역체계를 뒤흔들다 보니 몸은 이상 반응을 일으켰다. 응급실에 몇 번 쫓아가고 입원도 하며 힘든 적응 기간을 보냈다.

그렇게 6, 7개월이 지나자 서서히 피검사 수치들이 정상으로 올라왔다. 그리고 그 치료를 받고 1년 뒤 똑같은 치료를 2차로 받았지만 이번에는 두 번째여서 그런지 처음보다 힘들지 않았다. 부작용도 일어나지 않았다. 그래도 정상 범주는 아니었으므로 몸이 정상으로 회복되는 데까진 시간이 필요했다.

이때는 몸을 먼저 챙겨야 했기에 또 막내를 키우는 데 에너지를 쏟고 있었기에 다른 것을 할 시간과 에너지가 없었다. 중간중간 틈틈이 책을 놓지 않았으나 새벽 기상을 한다거나 온전히 내 시간을 내서 집중할 만한 일은 하지 못했다. 그러다 아이가 수면 패턴이 일정해지고 면역체계가 어느 정도 정상권에 진입하자 제일 먼저 떠오르는 생각은 새벽 기상이었다. 그렇게 다시 새벽 기상에 도전하게 됐고 습관으로 이어지기까지 수많은 시행착오가 있었지만 지금까지 잘 유지되고 있다.

'정말 중요한 일은 당신과 내가 과거는 과거로 묻어두고 우리의 삶을 우리가 원하는 대로 만들어가는 데 열과 성을 다하는 것이다. 바로 오늘부터.'

_『미라클 모닝』 할 헬로드

나를 아프게 한 건
나였다

'나를 사랑하지 않는 나에게 가장 먼저 해야 할 것은 스스로를 향한 용서다.'

_『상처조차 아름다운 당신에게』

"여러분들은 나 자신을 얼마나 사랑하고 있나요? 세상에서 제일 사랑하는 사람은 누구인가요?"

자기계발이나 동기부여 강의를 들을 때 가끔씩 묻는 질문들이다.

'나 자신을 얼마나 사랑하냐고? 글쎄, 자기를 사랑하지 않는 사람도 있나. 남들은 어떤가.'

나에 대해 던져야 하는 물음에도 나는 '그럼 남들은?' 하며 다른 사람들의 생각이나 말들을 신경 쓰는 사람이었다. 직장생활을 할 때나 어디선가 의견을 공유해야 할 때 한 번도 먼저 나서서 이야기한 적이 없었다. 심지어 모든 사람이 다 발표를 한다거나 이야기를 해야 할 때도 제일 먼저가 아니라 남들 다 말하고 나서야 말하는 사람이었다.

일상적인 수다나 대화를 나눌 때는 오히려 어색한 분위기가 싫고 낯선 느낌이 싫어 내가 먼저 이야기를 할 때도 많다. 하지만 그러다가도 나의 의견이나 생각을 이야기할 상황에서는 꿀 먹은 벙어리가 되었다. '내가 이렇게 얘기하면 남들이 나를 어떻게 생각할까? 그게 뭐야? 하며 비난하면 어떡하지? 이런 이야기 했다고 나를 싫어하는 거 아니야?' 하며 타인을 의식했다.

왜 이토록 남들을 의식하며 살았을까. 그 이면엔 사랑받고 싶고, 인정받고 싶은 욕구가 내포돼 있기 때문이다. 콤플렉스 부자로 살며 나를 아무도 사랑해 주지 않을 거라고 생각했다. 결혼도 안 하고 혼자 살아야겠다는 마음을 어려서부터 품고 살았었다. 엄마에게 사랑받고 관심받고 싶었지만 엄마는 늘 바빴고 지쳐 계셨다.

'내가 이렇게 하면 남들이 나를 인정해 줄 거야, 사랑해 줄 거야.' 하는 마음들이 하나둘씩 싹을 틔우기 시작했고 급기야는 나를 몰아세우기까지 했다. '너 이것밖에 못 해, 이러면 누가 너를 봐 줄 거 같아, 너는 왜 그 모양이니.' 그럴수록 잘 해야 하지 하는 의지보다 '내가 그럼 그렇지.' 하며 자포자기하는 수준까지 이르렀다.

'분위기 파악 못 하는 눈치 없는 사람'이 되지 않기 위해, '너무 예민해서 건드리기 어려운 존재'가 되지 않기 위해, 나의 내향성을 최대한 억압했다. 나는 나의 내성적인 성격을 부끄러워하면서 오랫동안 '내 성격에는 뭔가 문제가 있다' 라고 생각하며 살았다.

_『상처조차 아름다운 당신에게』 정여울

늘 내가 문제였다고 생각했다. 그렇게 몇십 년을 살았다. 그런데 책을 읽고 강의를 들으면서 처음으로 '나'라는 사람을 인식하기 시작했다. 내가 대답하기 세상에서 제일 어려운 질문이 "취미가 뭐예요? 특기가 뭐예요? 잘하는 거 있나요? 내가 좋아하는 건 무엇인가요?" 바로 나에 대해 이야기를 해보는 것이었다.

그러다 희귀병 진단을 받고 나니 삶을 돌아보게 됐고 자연스레 자신과의 대화 시간이 많아졌다. 그리고 다양한 책을 읽으며 사고가 확장되는 순간 나를 바라보게 되는 힘이 생기기 시작했다. 그러자 제일 먼저 들었던 생각들은 '나는 나를 사무치도록 사랑한 적이 있었던가?'였다. 그래서 어느 순간 나를 사랑한다고 스스로 이야기해 주기 시작했는데 얘기를 한다고 크게 달라지는 건 느끼지 못했다. 그러던 어느 날 어떤 책에서 '사랑보단 용서가 먼저고, 사랑해, 라는 말 이전에 미안합니다, 용서해 주세요.' 라는 말이 먼저라는 걸 알게 되었다. 그래서 해보았다. "미안합니다, 미안합니다, 용서하세요." 그렇게 끊임없이 이야기해 주자 마음 깊은 곳에 있는 내면아이가 반응을 보이며 나에게 말을 걸기 시작했다.

그랬기에 스스로도 편해지고 안정적인 마음들이 들어 괜찮다고 생각했다.

하지만 겉으로는 재발을 반복하고 있었기에 괜찮지가 않았다. 내 마음이 편해졌다고 생각했는데 뭐가 문제일까. '상황적으로 힘든 거? 스트레스받는 거? 이 정도 안 힘든 사람이 어디 있지? 이 정도 스트레스도 받지 않으면서 어떻게 살아? 그럼 나는 아무 일도 하지 않고 아무것도 못 하고 살아야 건강하게 살 수 있는 건가.'

생각들이 꼬리에 꼬리를 물기 시작했다. 그러던 어느 날, 블로그에 글을 쓰면서 깨닫게 되었다. 나는 진심으로 나를 사랑한 적이 없었다는 걸 말이다. 말로는, 생각으로는 '나는 나를 사랑해, 이제 더이상 다른 사람들에게서 사랑을 구걸하지 않을 테야.' 하며 살아왔지만 정작 사랑의 마음보단 질책과 비난을 쏟아내기 바빴다. 나에게 긍정의 씨앗보다 부정의 씨앗들을 더 많이 뿌리고 있었다. 말로는 사랑한다면서 있는 그대로의 나를 인정하지 않았던 거다. 기억을 거슬러 올라가 보면 재발을 했거나 아팠을 때 분명 어떤 심적으로 힘듦이 있던 시기였다. 하지만 문제는 그 힘듦을 가지고 스스로 엄청난 자책을 했다는 것이다.

내 병은 면역체계가 질서에서 벗어나 타인이든 자신이든 공격해 상처를 내는 것이다. 나 스스로 나를 사랑하지 않았다. 그렇게 살았으니 몸에서도 탈이 난 거다. '나는 못났어, 이거밖에 안 되는 사람이야.' 자책만 하고 살았으니 내 몸조차 주인이 누군지도 모르고 공격을 하는 게 아닐까 하는 생각이 들었다. 스스로 그런 것들을 까먹고 또다시 상처를 줄 때 나의 몸에서 경고를 하는 것이다. '이것 봐~ 너 이러니깐 또 아픈 거야.'
물론 의학적으론 말도 안 되는 이야기겠지만 내가 경험하면서 깨달은 점이다. 그래서 나는 이런 희귀병 진단을 받았음에도 감사하다.

세상엔 이유 없이 일어나는 일들은 없다고 한다. 내가 아픈 이유는 이런 게 아닐까, 그래서 나는 매일 매일 소중하고 감사하다.

나 자신을 사랑할 수밖에 없는 것이다.

습관적 감사가
인생을 풍요롭게 만든다

삶이 불만족스러웠다. '왜 이런 집, 이런 부모 밑에서 태어났을까? 공부도 못하고 무엇 하나 잘하는 게 없는 사람이야.' 늘 이런 식으로 생각했다.

내가 선택할 수 없는 영역들도 있는데, 그것조차 불만스러워 했고 그래서 더 화를 내며 우울해 했다. 그렇다면 내가 선택할 수 있는 것들에 대해선 노력을 했을까? 그것도 아니었다. 불만 족스럽고 불행하다면 좋은 방향으로 바뀌도록 노력이라도 했어야 했다. 그런데 내 인생은 이 모양 이 꼴이라며 툴툴대기 일 쑤였다. 물론 시도를 아예 해보지 않은 건 아니었다. 나름대로 이렇게는 살기 싫다고 발악하고 애쓰며 살아왔다. 하지만 돌이

켜보면 죽을 만큼은 애쓰지 않았다. 간절하지 않았던 거다. 죽을 만큼 애쓰지 않아도 살아는 지니깐, 불만족스럽지만 그런 현실에 적응하고 안주하며 살았다.

그러던 어느 날 TV에서 오프라 윈프리에 대한 이야기를 보게 되었다. 온갖 고난과 역경을 이겨낸 그야말로 인간승리라고 해도 될 만큼의 삶을 이뤄낸 흑인 여성이었다. 망치로 머리를 한대 얻어맞은 느낌이 들었다. 물론 그전에도 불우한 환경을 딛고 대단한 성공을 이뤄낸 사람들의 이야기를 책이나 방송을 통해 듣기는 했었다. 그런데 그때마다 '저 사람은 머리가 좋으니까 공부를 할 수 있었던 거네, 이 사람은 그래도 돈은 있었구만, 이분은 부모를 잘 만났네.' 나름의 평계를 찾으며 '그럼 그렇지' 하고 합리화를 시켰다. 하지만 오프라 윈프리의 이야기는 달랐다.

'나에게 저런 일들이 생긴다면 어땠을까? 저런 끔찍한 고통을 겪고 살 수 있었을까?'

오프라 윈프리가 쓴 책을 시작으로 비슷한 이야기들을 하는 책들을 찾아 읽기 시작했다. 많은 사람들의 이야기를 보았지만 대표적으로 닉 부이치치Nick Vujicic와 이지선 님 같은 분들이다. 물론 오프라 윈프리도 마찬가지. 그리고 그분들이 그 힘겨운 삶을 견뎌낼 수 있었던 힘은 바로 감사라는 걸 알게 되었다.

아마 희귀병 진단을 받고 감사함을 몰랐다면, 그 말이 주는 에너지를 알지 못했다면 세상을 원망만 하며 살았을지 모른다.

'내가 왜 이런 병에 걸린 거지? 내가 뭘 얼마나 잘못하고 살았다고? 아니, 여태도 좋은 것 못 누리고 살았는데 이거 너무한 거 아냐?'

나의 병에 대해 몰랐던 사람들이 내가 이 병을 앓고 있다는 걸 알게 되면 '전혀 몰랐었다'는 반응을 보인다. 그리고 묻는다. "아무렇지 않아? 괜찮아?" 왜, 아무렇지도 않을까. 어떻게 괜찮을 수 있을까.

하지만 이제는 원망과 불만으로 내 소중한 인생의 시간을 낭비하고 싶지 않다. 나보다 더 힘들고 고통스럽고 어려운 사람들도 나름의 살아가야 할 이유를 찾으며 열심히 살고 계신다. 그분들을 보며 희망을 얻는다. 게다가 당장 죽는 병도 아니지 않은가. 그저 살아 있다는 것 자체가 감사하다.

박신양이 출현한 드라마 〈싸인〉에 이런 대사가 나온다.
"부검을 하면서 어떤 생각을 하세요? 매일 산 사람이 아니라 죽은 사람들을 보시잖아요."

"아무 생각 안 해. 그냥 고마워 해. 아침에 눈 뜨면 내가 살아 있다는 거에 그냥 고마워 해."

감사하면 감사할 일이 생긴다고 했다. 그리고 그래야 살아갈 수 있다. 부정적인 생각 안에서는 힘이 날 수가 없다. 그래서 감사일기를 쓴다. 좋은 일들이 많이 생겨 더 감사할 수 있기를 바란다. 그게 내 삶의 원동력이 되어 살아갈 힘이 되어 준다.

'당신이 가진 것에 감사하면 더 많은 것을 가지게 될 것이다. 그러나 당신이 가지지 못한 것에 집중한다면 영원히 만족스럽게 가지지 못할 것이다.'

_ 오프라 윈프리

감정
활용법

'나는 저 사람보단 낫잖아.'

'나는 이 사람보단 괜찮네.'

자기보다 뛰어난 사람들을 보면 시기와 질투를 느낀다.

그러나 어렵고 힘들 때는 본인보다 더 힘든 사람들을 보며 위로를 받기도 한다. '비교'라는 단어는 나를 한없이 작게 만들고 위축되게도 하지만 다른 한편으론 나를 살릴 수 있는 감정일 수도 있다. 하지만 평소에 '비교'하며 떠오르는 이미지는 부정적인 이미지가 대부분이다. 부정적인 감정이라 해서 무조건 떨쳐버리고 없애야 하는 것은 아니다.

〈인사이드 아웃〉이라는 애니메이션 영화가 있다. 사람들의 머릿속에는 다섯 가지의 감정을 컨트롤을 하는 감정 본부가 존재한다. 주인공인 라일리의 주요한 감정은 기쁨이다. 그러던 어느 날 슬픔이와 함께 기쁨이에게 문제가 생기게 된다. 다른 감정들에게까지 영향을 미쳐 라일리의 마음속엔 큰 변화가 찾아온다. 그 마음을 되돌리고자 감정들이 고군분투하며 벌어지게 되는 이야기의 영화다.

아이들을 위한 애니메이션이라 생각했었다. 우리에게 긍정적 경험과 감정들만 있다면 언제나 행복하고 모든 게 만사형통일 거라는 착각을 하며 살았다. 둘째가 예민했던 탓에 감정에 대해 공부하던 중 '어느 감정이건 모두 소중하고 꼭 필요한 존재구나'라는 걸 깨달을 수 있었다. 이 영화도 마찬가지의 메시지를 전달하고 있다. 단지 어떻게 받아들이고 다룰 줄 아느냐의 차이가 행복을 느끼는 정도의 차이로 나타나게 되는 것이다.

슬프거나 힘든 감정들을 느낄 땐 그 감정에 빠져 헤어나오지 못할 때가 있다. 세상에서 내가 제일 힘든 사람인 것처럼 지낼 때도 있었다. 하지만 그런 감정들 속에서 빠져나올 수 있었던 것은 '힘들지만 괜찮아, 더 잘될 거야. 힘내, 넌 할 수 있어.' 바로 긍정의 감정들이 있기 때문이다. 살면서 부정적인 감정들을 하나도 안 느끼고 산다면 거짓말이다. 이런 감정들이 생길 때, 긍정의 감정을 이용하면 된다. 이 사실을 조금 더 일찍 깨우쳤더라면, 누군가 이런 것들을 가르쳐 주었더라면 인생이 좀 더 풍요로워지지 않았을까.

학교에서 지식만을 가르칠 게 아니라 감정을 다루는 능력도 가르쳐 주었으면 좋겠다. 가정이나 사회에서라도 가르쳐 주는 누군가가 단 한 사람이라도 있었으면 한다. 우울증이나 공황장애 같은 마음의 병도 줄어들 것이다. 이런 감정을 컨트롤을 하고 다룰 줄 아는 사람이 되고 싶다. 할 줄 아는 것에서만 끝나는 게 아니라 나의 경험을 통해 용기와 희망을 심어 주는 사람이 되고 싶다. 슬픔에 빠져 혼자 힘들어 하는 시간을 살아보니, 그 시간들이 아쉽고 아깝다는 생각이 들었다. 그래서 나의 이야기를 드러내는 게 창피하고 부끄럽기도 하지만 누군가에게 시간을 헛되이 보내지 말라고 얘기하고 싶었다.

슬플 땐 충분히 슬퍼해야 한다. 눈물이 나올 땐 평평 울어야 속이 시원해진다. 하지만 그 감정에 빠져 우울한 생각만 하다 보면 끊임없이 나는 낙오자, 실패자라는 생각이 든다. 충분히 그 감정을 느끼다 빠져나올 수 있어야 한다. 조절하는 힘이 필요하다. 부정적인 감정이라도 필요 없는 감정이 아니다. 앞서 얘기한 '인사이드 아웃' 영화에서도 결국 갈등의 실마리를 푸는 건 슬픔이다. 영화 스포일러일 수도 있겠지만 왜 갈등을 풀 수 있는 존재인지는 과정을 봐야 이해할 수 있다. 그러니 꼭 한 번 시청해보길 추천한다.

'커피의 쓴맛과 설탕의 단맛처럼 감정도 똑같지 쓸모없는 감정이란 없어. 단지 조절해야 할 감정이 있을 뿐이지.'

_ 『감정을 다스리는 사람, 감정에 휘둘리는 사람』

프로
작심삼일러

하고 싶은 일은 많았지만 막상 시작하면 오래 하지 못했다. 그래서 끈기가 부족하다며 나 자신을 탓하기 바빴고, 곧 다른 곳으로 시선이 옮겨갔다. 무엇 하나 깊이 천착하지 못하고 표피에서 머물 뿐이었다. 늘 시작은 창대했으나 열정은 금방 꺼졌다.

참고서 앞부분에만 손때를 묻히는 학생과 다를 것 없는 자신을 보면서 자괴감에 빠지곤 했고, 어느 순간 새로운 도전에 나서는 것조차도 멈칫거리게 되었다. '또 하다가 못하게 되면? 작심삼일로 끝나버리면 어떡하지?'

어렸을 때는 이 길이 아닌가보다 하고 방향을 틀어 가기도 했다. 작심삼일을 했더라도 또다시 도전에 나서곤 했다. 하지만 나이를 먹을수록 신중하다 못해 지나칠 정도로 돌다리를 두들겨 보게 됐다. 그러다 시도조차 하지 못 하는 일이 생기고 작심삼일에 끝나버리면 '내가 그럼, 그렇지' 하고 스스로를 낮추고 비난했다.

'미라클 모닝'을 생각해보면 많은 사람들이 처음엔 호기롭게 도전한다. 나 역시 처음엔 일찍 자고, 일찍 일어나는 게 뭐 그리 어려운 일일까 싶었다.

하지만 막상 해보면 내가 나를 이기지 못할 때가 많았다. 더 자고 싶은 마음에, 하고 싶은 내 마음이 지는 상황이 벌어지는 것이다. 그렇게 몇 번 자신에게 져서 무너지는 경험을 하게 되면 '에이~ 왜 이렇게 못 일어나는 거야~ 말아, 말아.' 하며 포기를 했다. 그러다 정말로 맘을 접어버리기도 하고 '그래 오늘부터 새로 시작하자' 하며 새로운 도전 의지를 불태우기도 했었다. 다른 사람들도 마찬가지일 것이다.

여기서 하나 생각해보자. 만약 오늘 성공하지 못했다 하더라도 내일이나 이틀, 사흘 만에 성공했다. 그런데 그 다음날은 실패했다. 그러면 이 상황은 과연 실패일까, 성공일까? 한 달 정도 꾸준히 미라클 모닝에 성공했는데, 하루 실패하는 날이 생기자 이틀, 사흘 연속으로 실패하게 되는 상황이 발생했다. 이 상황은 실패일까, 성공일까? 그리고 과연 이 성공이냐 실패냐, 하는 것은 누가 판단하는 것일까.

남들은 내가 하루 이틀 실패했다고 '실패했네~' 하지 않는다. 아니 오히려 관심조차 없다. 스스로가 실패라고 단정 짓는 순간 뇌에서는 '아! 실패했구나.' 하고 인식하게 된다. 결국 실패의 경험만 쌓게 되는 꼴이다. 그러니 섣불리 실패냐 성공이냐의 기준을 세우지 말고 '작심삼일만 해보자'는 마음으로 시작해보면 어떨까.

'미라클 모닝 100일 도전!'

이러면 시작도 하기 전에 겁이 나지만 '3일 도전!' 하면 느낌이 다르다. '3일? 그깟 3일 왜 못 해?' 하고 말이다. 그리고 또다시 3일 도전, 다시 도전, 이렇게 작심삼일을 7번만 반복해도 습관 형성의 최소 기간인 21일을 해내는 것이다. 말 그대로 프로 작심삼일러가 돼보자는 것이다.

미라클 모닝뿐만 아니라 어떤 일을 도전할 때도 마찬가지다. 운동이든 다이어트든 말이다. 기간을 길게 생각하면 시작하는 것조차 힘들지만 짧게 잡으면 도전 의욕이 생기게 마련이다.

새해 결심이 작심삼일에서 끝나는 경우가 많다. 그럼 실패라고 생각하지 말고 아무 일 없었다는 듯 다시 작심삼일을 시작하면 된다. 작심삼일을 통해 작은 성공의 경험을 쌓으며, 해냈다는 성취감도 맛볼 수 있다. 무엇이든 도전할 수 있는 용기도 생긴다. 작심삼일만 하면 어떤가. 그런 일로 자신을 기죽이지 말자. 또 작심삼일 하면 그만이다.

'해볼 만큼 해보기 전에는 포기하지 말자. 천 리를 가도 첫걸음을 떼는 것이 가장 어렵다. 접고 싶은 마음이 들 때마다 목표 목록을 다시 읽으며 심기일전하자. 내가 원하는 것만 생각하자. 다른 결과에 대해서는 생각하지 말자. 부정적 가능성에 밀려 내가 진정으로 펴고 싶은 뜻을 접는 일은 없어야 한다.'
_『결국 해 내는 사람들의 원칙』 앨런 피즈, 바바라 피즈

가득
채워야 넘친다

"당신이 이 세상에 태어난 이유는 무엇이라 생각하나요?"

이런 질문을 받아본 적이 있는가? 상담이나 코칭을 받게 된다면 모를까 보통의 경우 이런 심오한 질문은 하지 않는다. 하지만 자신을 향해 '나는 왜 태어난 거지? 왜 태어났을까?' 하는 질문은 한 번쯤 해보지 않았을까?

삶이 고단하고 힘들 때 이런 근원적인 질문들이 떠오른다. 기쁘고 행복할 땐 왜 태어났는지 궁금해 하지 않는다. 왜? 기쁘고 행복하니까 좋은 거다.

하지만 힘들 땐 이렇게 힘든데 왜 태어난 걸까? 자문하게 된다. 어려서부터 이런 본질적인 것들이 궁금했다. 물론 집안 형편이 어렵고 되는 일이 없기에 좌절과 포기가 많아서 이런 물음들이 생겼을지도 모른다. 그런데 꼭 그래서만이 아니라 정말 궁금했다. 인간은 어디에서 오고 죽으면 어디로 가는지 말이다.

지금은 아무 종교도 갖고 있지 않지만 한때 교회에 다니던 시절이 있었다. 성경에는 하나님이 인간을 창조하셨다고 나온다. 그런데 학교에서 배우는 인간은 유인원에서 시작해 진화의 과정을 겪으며 현재 인간으로 진화했다고 한다. '어, 누구 말이 맞는 거지?' 그때는 교회에 다니며 믿음이 강했던 시절이라 당연히 하나님이 인간을 만드셨다고 믿었다. '그럼 선생님들이나 학자들이 거짓말을 하는 건가?' 이런 생각들이 들곤 했다. 그런데 단 한 번도 이런 질문을 어느 누구에게도 물어보지 않았다. 남들은 다 알고 있는데 나만 모르는 게 아닌가 하는 생각이 들었고, 나의 무지함을 들키게 될 것 같은 두려움이 있었기 때문이다.

너무 터무니없는 질문이라고 생각하는가. 하지만 나는 그 시절 진지했고 궁금했었다. 특히 어려운 일들이 생길 때마다 '나는 왜 태어나서 이런 힘듦과 어려움을 겪고 있는 것일까?' '내가 태어난 이유가 있을까?' '힘들게 살려고 태어난 건 아닐 텐데 왜 자꾸 이런 일들만 생기는 거지?' 궁금했다. 하지만 답은 찾을 수 없었다. 희귀병 진단을 받고 나서는 이런 의문들이 더 강하게 다가왔고 책 속에서 답을 찾으려 했다. 여러 책을 읽으며 내가 내린 결론은 '각자가 이루고자 하는 사명이 있기 때문에 태어난 것이다.'였다.

'당신은 사랑받기 위해 태어난 사람 당신의 삶 속에서 그 사랑받고 있지요.'

'그래! 나는 사랑받기 위해 태어난 사람이야. 그런데 그 사랑을 받지 못하니 이렇게 힘들게 사는 거야.' 하고 생각했던 시절이 있었다. 그래서 사랑받고 싶어 타인을 의식하며 살았다. 그런데 그 사랑을 왜 남들에게서만 받으려고 했을까. 사랑은 다른 사람을 통해서만 받는 것으로 생각했다. 가족에게 또는 타인에게 말이다.

'우리가 우리 자신을 정말로 사랑할 때, 우리의 인생은 잘 풀리게 된다.'

_『치유』루이스 헤이

지금은 그 누구보다도 나 자신을 사랑해야 한다는 것을 안다. 내 안에 그 사랑이 충만할 때 똑같은 어려운 상황이라도 견딜수 있는 힘이 생긴다. 남들에게 받는 사랑은 일시적이며 한계가 있다. '언제까지 다른 사람들에게 의지하며 사랑을 갈구만 할 거니? 그건 주도적인 삶이 아니잖아. 남들에게 끌려다니는 삶이잖아! 정신 차리자!' 이런 다짐들을 해 왔었다. 그리고 부족하다고 생각하면 한없이 부족한 생각이 든다.

내 안에 사랑이 차고 넘쳐서 다른 이들에게까지 그 사랑을 주고 싶은 마음이 점점 강하게 들었다. 내가 무언가를 했을 때 상대방이 행복해 하거나 즐거우면 나는 더 기쁘고 행복했다. 그런데 그런 사랑의 마음들을 다른 사람들에게서만 찾으려 했다. 남들에게 줄 수 있는 사랑이 부족해 내가 못나고 형편없는 사람처럼 느껴질 때가 많았다.

컵 속에 물이 가득 들어 있을 때 물을 부으면 넘친다. 내 안에 사랑이 가득 차서 넘쳐 흐를 때, 넘치는 그 사랑을 다른 이들에게까지 줄 수 있다. 나를 사랑하지 못하면 남들도 사랑하지 못한다는 사실을 오랜 시간을 거친 뒤에야 알게 됐다.

부모 자식 사이에는 특히나 더 그렇다. 부모가 자식을 사랑하는 건 당연한 일이겠지만, 그 당연하다고 생각하는 일이 아닌 사람들도 있다. 가끔 뉴스에 나오는 아동폭력을 저지르는 부모들이 그렇다. 자기 안에 사랑이 부족하니 아이에게 퍼 줄 사랑 또한 부족하다. 나는 혹여나 퍼 줄 사랑이 부족해 나와 주변 사람들을 힘들게 하진 않는지 늘 생각한다. 부족한 사람이 되고 싶지 않아 감사일기를 쓰고 긍정 확언을 한다. '나는 나를 사랑한다.' 라고 끊임없이 이야기 해 주자. 나처럼 왜 태어났는지도 모를 만큼 힘들고 어려운 사람이 있다면 이 말을 백 번, 천 번 써보라고 말을 해 주고 싶다. 마음속에 울렁이는 그 무언가가 반드시 생겨날 것이다.

내 인생의
최고 결정권자

살아가면서 스스로 선택할 수 없는 것 두 가지가 있다. 바로 태어나는 것과 죽는 것이다.

언제 어디서, 어떤 부모님 밑에, 어떤 형제자매 안에서 태어날지 내가 선택해 태어나는 사람은 이 세상에 단 한 명도 없다. 죽음도 마찬가지다. 이제 살 만큼 살았으니 몇 날 몇 시에 죽어야지 하고 죽는 사람은 없다. 물론 스스로 생을 마감하는, 자살이라는 극단적인 선택이 있긴 하지만 그것은 일반적인 죽음이 아니기에 제외하도록 하자.

불행한 가정환경이나 경제적으로 어려운 집에서 태어난 사람들은 '난 왜 이런 가정에서 태어났을까? 왜 이런 부모 밑에서 태어난 거지?' 한 번쯤 이런 원망을 하게 된다. 하지만 원망을 해봐야 부모님이 바뀐다거나 돈이 많아지는 상황은 결코 일어나지 않는다. 그럴 때는 빨리 '그럼 나는 이런 상황에서 어떻게 해야 하지?' 하며 차선책을 찾아보자. 그 상황을 벗어날 수 있는 제일 좋은 방법이라 생각한다.

어릴 땐 대부분 부모님의 의사결정대로 따르게 된다. 물론 사춘기가 되고 자아 의식이 생기면서 본인의 의사를 반영하게 되는 경우가 있긴 하다. 하지만 대부분 부모님 동의 하에 결정되는 일이기에 최종 선택은 부모님의 몫이다. 그러다 점점 자신의 목소리를 높이게 되고 부모님이 아닌 나에게 결정권이 넘어오게 된다.

그런데 요즘은 아이들의 의견을 존중해 주는 부모들도 많다. 최종 선택을 부모가 아니라 아이의 선택에 힘을 실어 주며 믿고 기다리는 것이다. 그래서 어찌 보면 최종 결정권을 가진 사람은 본인이 아닐까? 라는 생각이 든다. 아무리 주위에서 '이런 게 있다더라. 이걸 해야 한다.' 등의 의견을 주어도 내 마음이 내키지 않으면 하지 않는다.

하지만 이 최종 결정을 하는 데에는 책임이라는 것이 따라온다. 그래서 책임지고 싶지 않아 회피하는 경우도 생긴다.

학창시절부터 스스로 결정하며 살아온 일들이 많다. 실업계 고등학교에 진학한 일, 수능시험은 봤으나 대학에 진학하지 않은 일, 고3 때 아르바이트를 했던 일 등 엄마랑 상의는 했지만 결정은 내가 했고, 엄마는 그저 동의하고 믿어 주셨을 뿐이었다. 일생에서 제일 중요한 결혼이라는 선택도 스스로 한 것이다. 그리고 그에 대한 책임들도 전적으로 내 몫이었다. 그랬기에 내가 선택한 일에 대해선 후회하지 않으려 부단히 노력하며 살아왔다.

'내가 인생에서 겪는 것은 모두 나의 선택들에 기초한다. 긍정적 상황이든 부정적 상황이든 지금 내가 처한 상황은 과거 내가 행한 선택들이 불러온 것이다. 내 인생의 결정권과 방향 선택권은 오직 내게 있다. 내가 직접 책임자고 유일한 책임자다.'
_『결국 해 내는 사람들의 원칙』앨런 피즈, 바바라 피즈

누군가가 오늘 뭐 먹을래? 우리 어디 갈까? 이렇게 물어 왔을 때 선뜻 대답하지 못 하는 이유는 상대방을 배려하는 마음도 있지만 그 결정에 책임지기 싫어서가 아니었을까?
물론 어쩔 수 없는 일들이 생기는 것이 인생이다. 아플 수도 있고 사고가 생길 수도 있다. 지금처럼 코로나 위기 상황이 발

생할 수도 있다. 하지만 이런 상황에서 어떤 인생으로 살아갈지 결정하는 것은 전적으로 나의 몫이다. 왜? 상황은 변하지 않기 때문이다. 변하지 않는 상황만을 붙들고 원망하며 살기엔 인생은 너무 짧다.

'중요한 것은 내게 어떤 일이 일어났느냐가 아니다. 거기에 내가 어떻게 대처하느냐다.'

_『결국 해 내는 사람들의 원칙』앨런 피즈, 바바라 피즈

오늘의 내가 어떤 상황인지 알려면 과거의 내가 어떻게 살아왔는지를 보라는 이야기도 있다. 그만큼 지금의 나는 과거에 내가 결정했던 나의 선택의 결과물들이다. 그렇기에 행복한 미래의 나를 생각한다면 지금의 선택들이 중요하다. 내 인생의 최고 결정자는 다른 누구도 아닌 나 자신이다. 그리고 인생을 주도적으로 살아갈 때, 살아 있음을 느끼고 존재 가치가 있지 않을까 하는 생각이 든다.

'지금 이 순간, 무엇보다 중요한 것은 내가 지금 무엇을 생각하고 무엇을 믿고 무엇을 말할 것인지 선택하는 일이다. 그 생각과 신념과 말이 내 미래를 창조한다. 지금 내가 하는 생각

이 내일을 만들고, 다음 주를 만들고, 다음 달을 만들고 내년을 만들 것이다.'

_『행복한 생각』루이스 헤이

흉터가
무늬가 될 때까지

책을 읽고 강의 영상을 보며 자기계발을 하는 시간이 좋다. 전에는 강의장을 찾아다니면서 들어야 했던 삶에 대한 인사이트들이 이제는 유튜브에서 검색만 하면 나온다. 좋은 세상이고 편리한 세상이다. 유용한 채널들이 너무나 많지만 대표적으로 김미경 TV, 세바시, 체인지 그라운드 등이 있다.

그중에서 세바시를 보면 다양한 분야의 전문가 또는 어떤 메시지를 전달해 주려는 강연자가 나와 짧은 시간 강연을 하는 모습이 인상적이다. 배울 점이 많은 채널이다. 그분들 중에 내 마음속의 롤모델이라 칭하며 닮고 싶은 분이 있다, '더공감 마음학교'의 대표이신 박상미 교수님이다. 세바시에서 이분의 강연을 보고 눈물을 흘리며 '나도 이런 사람이 되고 싶다'는 꿈을 키우게 됐다.

박상미 교수님은 말씀하셨다 '내가 건너온 고통의 터널이 스펙이 된다. 그 스펙으로 나와 같은 고통을 겪고 있는 사람들에게 희망과 용기를 전달해 줄 수 있다.'

나의 고통이 다른 사람들에게 희망과 용기를 주는 경험은 나 또한 경험자로서 느낀다. 힘들고 고통스러웠던 시기마다 견딜 수 있게 힘을 주시는 분들을 만날 수 있었다. 꼭 직접적으로 만남이 이루어졌다거나 교류하는 것은 아니었지만 책이나 강연으로 만날 수 있었다. 그분들의 이야기를 들으며 힘을 얻었고 용기를 얻었다. 그리고 막연하게나마 나 또한 이 힘듦을 잘 극복해 그분들처럼 선한 영향력을 주는 사람이 되고 싶다는 생각을 해왔다.

오랜 시간 그런 마음을 품고 살아왔는데, 글을 쓰게 되면서 구체적인 꿈을 그릴 수 있게 되었다. 힘들 땐 내 힘듦과 고통이 세상에서 제일 큰 줄만 알았다. 나만 이렇게 힘들게 사는 것 같아 억울했고 원망스러웠다. 누군가 나의 사정을 알까봐 전전긍긍하며 불안해 하기도 했다. 그래서 꽁꽁 숨기고 싶었다. 나의 좋은 점들만 잘 보이게 포장해 사람들에게 인정받고 싶었다.

사랑받고 싶었다. 찌질했던 내 모습을 알게 되면 손가락질을 하며 나를 좋아하지 않을 거란 생각도 들었다. 하지만 그럴수록 나는 더 불행해져만 갔고 채울 수 없는 공허함만 밀려왔다.

글을 쓰면서 고통의 시간들을 정면으로 바라보게 되자, 그런 마음들이 점차 희석되어 가는 것을 느낄 수 있었다. 내 상처를 상처 그대로 인정했더니 상처가 아프고 힘들기만 한 것은 아니라는 걸 깨달을 수 있었다.

'용목처럼 상처와 고통을 견딤으로써 스스로 인생의 아름다운 무늬로 거듭 태어나길 바랍니다. 이제 상처 받는 것을 두려워하지 않겠습니다. 향나무도 상처가 있어야 향기가 뿜어져 나옵니다. 도끼로 찍어 상처를 많이 낼수록 향나무의 향기는 짙어집니다.'

_ 『내 인생에 용기가 되어 준 한마디』 정호승

상처가 많은 나무일수록 좋은 나무라고 한다. 나도 향나무처럼 향기가 뿜어져 나오는 사람이 되고 싶다. 상처 한 번 받지 않고 자라는 사람은 아무도 없을 것이다. 크건 작건 사람이라면 누구나 상처와 고통을 받고 자란다. 단지 그 상처들을 어떻게 바라보고 견디는지에 있어서의 차이만 있을 뿐이다.

박상미 교수님의 강연을 들으며 처음엔 내 상처가 흉터로만 보여 창피하고 감추고만 싶었지만 언젠간 그 흉터가 아름답게 피어나 무늬가 될 때가 있을 거라는 말씀에 벅차오르는 가슴이, 뜨거운 심장이 느껴지기 시작했다.

반드시 흉터가 무늬가 되는 날이 올 거라 믿는다.

우린 모두 빛나는 별이다

'지금 바쁘고 힘든 하루를 보낼수록 미래에 하고 싶은 일에 대한 씨앗을 뿌려야 한다. 시간이 남아야 하는 것이 아니다. 단 몇 분이라도 매일 시간을 만들어야 한다. 매일매일 미래의 씨앗을 조금씩 뿌리자. 그래야 내가 원하는 삶을 살 수 있다.'

_『내 상처의 크기가 내 사명의 크기다』송수용

베이킹을 배워 공방을 차리고픈 꿈이 생겼었다. 어렸을 땐 빵을 별로 좋아하지 않았는데 요즘은 없어서는 안 될 나의 최애 음식이 되어 버렸다. 이 꿈을 이루기 위해 제일 먼저 했던 일은 살림의 간소화, 즉 미니멀 라이프다. 베이킹을 하려면 시간이 필요했는데 집안일을 하고 베이킹을 하자니 시간이 부족했다.

아이들이 어렸던 워킹맘 시절, 일을 한다는 이유로 집안은 늘 엉망이었고 어수선했었다. 청소를 해도 티도 나지 않기에 단정한 집안을 유지하려면 미니멀 라이프로 미니멀리스트가 되는 것이, 나중에 내 일을 할 때도 가족들에게나 나에게나 삶의 만족도를 높이는 일이라 생각했다.

그리고 그보다 앞서 병원 생활을 여러 차례 반복하게 되자 내가 부재 중일 때도 잘 돌아가는 집안 상태가 유지되길 바랐다. 엄마의 부재가 느껴지지 않는 집안 환경 말이다. 그렇게 미니멀 라이프를 시작하게 됐다. 하다 보니 좀 더 재미있게 하고 싶은 마음에 유튜브 채널을 개설했다. 영상을 올리고 감사하게도 구독자분들이 하나둘 생기며 광고 수익까지 생기는 유튜버가 되었다. 그러다 보니 좀 더 재미있고 잘 잘하고픈 생각에 다른 SNS 채널들까지 운영하게 됐다. 그러자 어느 순간 나의 목표는 베이킹 공방이 아닌 SNS와 더불어 내 가치를 온라인 세상에서 실현하고픈 사람이 되었다. 목표가 바뀌게 된 결정적 이유는 코로나-19 덕분이다.

유튜브 채널을 시작하고 얼마 안 돼 코로나 19가 찾아왔다.

대부분의 오프라인 활동이 제약을 받기 시작했고 나 역시 외부 활동이 꺼려지게 됐다. 무엇보다 아이들이 등교하지 않고 온라인 수업을 하다 보니 밖에 나갈 일이 없어졌다. 그러다 보니 사회 전반적으로 온라인 시장이 커지게 됐다. 이런 변화를 겪으며 '온라인에서 내가 할 수 있는 일은 무엇일까' '내 가치를 실현할 수 있는 일은 무엇일까'를 찾게 되었다. 온라인에서 강의를 듣고 프로젝트에 참가하며 배움을 넓혀갔다. 함께 배우는 이들과 소통하며 친해지기 시작했다. 그러다 보니 일에 대해 욕심이 생기고 다른 사람들과 비교하기에 이르렀다.

또다시 나에게 비난의 화살을 당기는 활시위가 느껴졌다. 어떻게 일으켜 세운 나의 내면인데 또다시 비난의 화살을 날릴 순 없었다. 몸이 힘들어지니 마음도 좁아지는 상황이 되어 버렸다. 아이들 셋이 학교에 가지 않고 온종일 집에서 함께 생활하다 보니 피로도가 가중됐다. 거기에 아이들끼리도 이런 상황이 처음이다 보니 서로 익숙해지는 데 시간이 필요했다. 엄마인 나도 말이다. 좋았던 관계들이 조금씩 틀어지기 시작했고 거기에 사춘기라는 시기까지 겹쳐 한동안 힘들었다.

그러다 이렇게 엉망진창인 채로 살 수 없다는 생각이 들어 주변 정리를 하고 책을 보며 마음을 다잡았다. 여러 가지 일을 하게 되면서 시간이 부족해져 시간 관리에 관한 공부도 하기에 이르렀다. 내려놓을 건 내려놓고 마음의 여유를 두고 바라보기 시작하니 집안에서도 규칙이 잡히면서 안정화가 찾아왔다. 그렇다고 환경이 변환된 건 아니었지만 관점을 바꾸니 환경이 달리 보였다. 코로나 상황은 오래갈 것이 뻔했고 아이들도 나도 이 상황을 받아들이고 즐기면서 헤쳐나가자고 마음을 먹었던 것이다.

내가 할 수 있는 선에서, 감당할 수 있는 영역에서 최선을 다해보자 생각했다. 그리고 무엇보다 가족이 우선순위였기에 어떤 일을 하든 그 부분을 잊지 말자 생각했다. 그러다 나처럼 시간의 어려움을 겪는 사람들에게 조금이나마 도움이 되고 싶어 소모임을 시작했다. 그리고 글을 쓰고 싶은 환경을 만들기 위해 글쓰기 모임도 만들었다.

확실히 혼자보단 같은 목표와 방향을 가진 사람들과 함께 하면 꾸준히 할 수 있는 원동력이 생긴다. 자극도 되며 동기부여가 된다. 그리고 2021년 주춤했던 물건 버리기를 열정적으로 해보고자 미니멀 모임을 모집하게 됐다. 이것 또한 함께하는 힘으로 할 수밖에 없는 환경에 들어가면 실행이 된다는 것을 알기에 그 환경 속으로 들어간 것이다.

미라클 모닝도 마찬가지다. 혼자 해오던 일인데 주변에서 같이 해보고 싶다는 의견들을 주셔서 모임으로 만들어 실행 중이다. 함께하니 더 즐겁고 나에게도 참여자들에게도 의미 있는 시간이 되었다.

단순하게 기상 시간이 목표가 아니다. 나만의 블록 시간을 확보해 자기 발전을 위해, 하고 싶은 일을 선택한다. 이렇게 하루하루 성공의 경험을 쌓아가고 있다.

새로운 꿈과 목표가 생기고 그에 따른 계획들도 생겼다. 이렇게 내가 계속 무언가를 할 수 있었던 것은 끊임없이 내가 하고 싶은 건 무엇일까? 나에게 질문을 했기 때문이다. 훗날 잘살았다, 잘 놀다가 이번 생을 마감했다고 묘비명에 당당하게 기록하고 싶다. 그리고 무엇보다 살아 있는 동안 건강이 허락될 때 할 수 있는 일을 해보자는 마음이 있었다.

중요한 건 나중에 나의 건강이 별로 좋지 않은 상황으로 갔을 때, 아무것도 할 수 없는 무기력 상태가 아니라 그 안에서도 내가 할 수 있는 것들을 미리미리 준비하고 싶었다. 아이들에게도 아파서 골골대는 엄마가 아닌 당당한 엄마로 보이고 싶었다. 그렇게 나의 사명과 비전을 실현하기 위해 바쁘고 힘든 시간을 쪼개 필요한 일들을 해나가고 있다. 때론 힘들고 지치기도 하지만 이제는 그 힘듦도 같이 끌어안고 갈 마음의 자리도 생겼다.

상처받아 힘든 시절을 보냈다지만 결국 그 상처들이 내 사명과 가치를 실현할 수 있는 작은 마중물이 되었다. 상처를 상처로만 바라보면 더 깊어지고 곪게 된다. 하지만 관점을 바꾸면 상처가 내 자아실현을 위한 동기부여가 될 수 있는 것이다. 마치 『내 상처의 크기가 내 사명의 크기다』라는 책 제목처럼 말이다.

내 상처가 부끄럽고 창피했던 시절이 있었다. 누구에게도 말하고 싶지 않은 이야기 말이다. 그럼에도 불구하고 꽁꽁 숨겨왔던 나의 이야기, 어쩌면 치부가 될지 모르는 이야기를 하는 이유는 상처가 만들어낸 허상의 세상에서 허우적대며 자기 자신을 들볶는 분들이 분명 있지 않을까 하는 마음에서다. 마음 깊이 가라앉아 있는 상처를 인정해 주고 자신을 더 사랑해 주길 바란다. 이왕 이 세상에 태어났으니 즐겁고 행복하게 살아야 하지 않을까.

나는 이대로 살다가 죽으면 억울한 마음에 눈을 제대로 감지 못할 것 같았다. 그걸 몸이 망가지고 아프고고 나서야 깨달았다. 다른 분들은 혹여나 마음을 괴롭혀 몸이 망가지기 전에 깨달았으면 좋겠다. 이 세상은 삶 자체로 찬란하고 사랑받기 위해 태어난 존재라는 걸 말이다.

존경하는 김미경 선생님이 하신 말씀이 있다. 우린 모두 다 하늘에 떠 있는 별이라고. 사람 눈에 보일 때 어떤 별이 더 반짝이고 더 빛나지만 결국 그건 거리의 문제이지 반짝이는 밝기의 문제가 아니라고 말이다.

별은 그 자체로 빛나는 것이다. 우린 모두 별처럼 반짝반짝 빛나는 존재다. 이 사실을 잊지 않았으면 좋겠다.

한번도 나를
사랑해 주지 않았다

지은이 이수경
발행일 2021년 11월 25일
펴낸이 양근모
펴낸곳 도서출판 청년정신
출판등록 1997년 12월 26일 제 10-1531호
주 소 경기도 파주시 문발로 115, 세종출판벤처타운 408호
전 화 031) 955-4923 팩스 031) 624-6928
이메일 pricker@empas.com
ISBN 978-89-5861-212-4 03810